"四叶草"论丛
杨庆祥 主编

文学是一次对话

王文静 王力平◎著

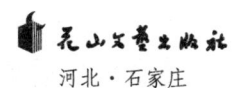

花山文艺出版社
河北·石家庄

图书在版编目（CIP）数据

文学是一次对话 / 王文静，王力平著 . -- 石家庄：花山文艺出版社，2024.7
（"四叶草"论丛 / 杨庆祥主编）
ISBN 978-7-5511-1802-6

Ⅰ . ①文… Ⅱ . ①王… ②王… Ⅲ . ①中国文学－当代文学－文学评论 Ⅳ . ① I206.7

中国国家版本馆CIP数据核字（2024）第086755号

丛书名：	"四叶草"论丛
主　编：	杨庆祥
书　名：	文学是一次对话
	Wenxue Shi Yi Ci Duihua
著　者：	王文静　王力平
选题策划：	郝建国
出版统筹：	王玉晓
责任编辑：	李倩迪
责任校对：	李　伟
装帧设计：	王爱芹
出版发行：	花山文艺出版社（邮政编码：050061）
	（河北省石家庄市友谊北大街330号）
销售热线：	0311-88643299 / 96 / 17
印　　刷：	河北新华第一印刷有限责任公司
经　　销：	新华书店
开　　本：	880 mm×1230 mm　1 / 32
印　　张：	7.875
字　　数：	170千字
版　　次：	2024年7月第1版
	2024年7月第1次印刷
书　　号：	ISBN 978-7-5511-1802-6
定　　价：	59.00元

（版权所有　翻印必究·印装有误　负责调换）

总序：为文学批评寻找一种形式

◎ 杨庆祥

在当代文学现场，文学评论是一个看起来并不自然的角色。一方面无论是作家还是评论家，都反复强调文学批评的重要性，这种强调有时候甚至让人觉得有点儿饶舌。另外一方面的事实是，文学评论似乎可有可无，尤其在普通读者那里，他们甚至搞不清楚作家和评论家这两个职业标签的区分度。不仅仅是在文学现场如此，在高校的知识建制中，文学评论也处境微妙。在学科归属上，它被划入文艺学下面的一个方向，与文学理论并列，但实际上在具体的实践中，文艺学的从业者基本上不从事文学批评工作，中国现当代文学专业的从业者是从事文学批评的主力军，但往往又习惯于将"文学史"视作工作的合法性基础，文学批评则被视作"小道"偶尔为之。所以我们看到的现象是，文学批评往往成了初入行业者的一块"敲门砖"，一旦入门，则立即弃之如敝屣，以"文学为志业"者甚众，以"文学批评为志业"者则甚少矣！

与很多人的看法不同，在我看来，在文学理论、文学史和文学批评的三分中——这一三分当然也是现代知识分层的产物——文学批评不仅仅是最基础的，同时也最为考验人的心智、才华与写作能力。文学理论往往自有框架，按图索骥也能说出一二三；文学史则相对固定，寻章摘句即可敷衍为文。文学批评则要求一种如艾略特所谓的"当随时代而变"的时代性。简而言之，如果将文学理解为一种精神产品的实践，那么，文学批评全链条地参与到整个实践过程中，文学的发生、流通、经典化以及不断地去经典化和再经典化，文学批评都发挥着核心发动机的作用。这也是为什么在很多历史文化转折的时刻，如西方的文艺复兴、启蒙运动时期，中国的"五四"、1980年代，文学批评总是时代的弄潮儿和文化的急先锋。

那些灿烂辉煌的历史时刻固然让人艳羡和怀念，但对于今天的文学批评从业者来说，怎么面对当下的变化，让文学批评能够在整个文化的结构中发挥其应有的而不是夸大的、现实的而不是虚妄的、富有建设性的而不是罔顾事实的功能性的作用，这是我们需要思考和探索的命题。在这一思考的路径中，文学批评的语言、文体、方法、主题以及它与时代语境之间的张力，都重新成为问题，正视这些问题而不是用一种惯性来绕开这些问题，文学批评才有可能获得自我和力量。

总序：为文学批评寻找一种形式

　　花山文艺出版社推出的"四叶草"论丛正是在这一问题意识下的集结。这套丛书共收入四册，分别是郭宝亮的《沧桑的交响》，王文静、王力平的《文学是一次对话》，桫椤的《把最好的部分给这个世界》，王力平的《水浒例话》。《沧桑的交响》立足作家创作，在现实与历史的回响中为读者呈现当代小说的丰富面相及其与社会精神生活的嵌合关系；《文学是一次对话》结合文学理论，将当前热闹的文学现场出现的一些潮流、概念做了系统性梳理；《把最好的部分给这个世界》聚焦文学现场，结合张楚、薛舒、鲁敏等人的作品展开对话，从整体上为"70后"写作做出简笔素描；《水浒例话》以《水浒传》为例，在闲话随笔间分析其人物、语言、结构等要素技巧，为文学写作与鉴赏提供文学理论与评论知识。几位作者都是活跃于当下文学现场的重要批评家，他们试图以一种"对话"的形式呈现文学驳杂丰富的图景，"对话"既是不同个体、文本之间的对话，也是文学批评、文学理论和文学史之间的对话，当然，文学作为一种心灵的形式决定了这些"对话"也必然是罗兰·巴特意义上的"恋人絮语"。期待这些作品能够得到应有的关注和反馈，也期待这套论丛能够持之以恒。

　　是为序，以为鼓与呼！

2024 年 3 月 26 日于北京

序

◎ 王力平

收在这里的十二篇对话，写于2022年3月至2023年12月，所谈大体是当代文学发展中的一些"热点"或"永恒"的话题。"热点"与"永恒"，看上去是没有什么共同点的。但所谓"热点"，往往是恰逢某种条件或在特定场景中，一些基本问题不期然而然地成了关注的焦点；而所谓"永恒"，不过是一有风吹草动，那些基本问题就会一而再、再而三地跑到前台来，虽然会换了马甲或者改了扮相。所以，十二篇对话所谈，也可以说是文学的若干基本问题。当然，通俗一点儿，说是老生常谈也不为过。

这些老生常谈又可以分为两类。一类是"理论热点"，一类是"永恒主题"。

序

先说"理论热点"。自从西方哲学发生语言学转向之后,以抽象为特点的本体论思维遇冷。文学是什么的问题、如何理解文学本质的问题不大被人提起了。但不提起并不等于不存在。许多基本问题"剪不断,理还乱",稍加留意,往往是你在说"鸭头",他在说"丫头";你说大象像蒲扇,他说大象像柱子。这就涉及从根本上如何理解文学的问题。比如,文学是社会生活的反映。这是对文学意识形态属性的哲学判断,它准确定义了意识与存在的关系。但它不能把文学与经济学、历史学、宗教、道德等其他意识形态区别开。所以,它不是对文学审美属性的揭示。文学是社会生活的反映,但对象和方式都有自己区别于其他意识形态的特点。如果对社会生活的多种形态和复杂内涵不加区分,如果简单化地把"反映"理解为"描写",甚至是"如实描写",那就很难理解什么是想象、什么是虚构,更不要说什么是变形。再比如,有人把文学理解为文本,理解为文本的语言叙事模式。这种观点突出了语言媒介对于文学的重要意义,但它对文学的意识形态属性视而不见,连带着也遮蔽了文学的情感价值、道德评价和审美属性,进而摒除了语言叙事模式创新发展的内在依据。

在讨论叙事、语言、结构、批评以及现实主义、抒情性、融合发展等相关理论话题的时候,受对话文体所限,不便深入展开理论概念的辨析。但对上述问题的讨论,却离不开对文学本质的自觉把握。我试图把讨论建立在这样一种理论认知的基础上:就其本质而言,文学是作家对社会生活审美感悟的传达和表现。审美感悟是作家艺术表现的对象，是文学形象个性化创造的内在依据。以语言为媒介的文学形象塑造，是作家审美感悟的物化形式和表现方法。把审美感悟传达给读者，实现与读者、与社会的审美交流是作家的创作目的。与之相应，读者只有在与文本、与语言形象构成审美关系时，才能准确接受和把握作品的思想情感内涵，才能实现作家审美感悟的传达和表现。在这里，作家创作、作品文本以及读者的接受是一个不可分割的共同体。

再说"永恒主题"。文学创作中，有许多常写常新的主题和题材领域，这里谈到的只是当下文学现场中引人注目的部分话题，包括乡土文学、城市文学、自然文学、女性文学以及"非虚构"。

"永恒主题"的一个重要特征，是它们通常具有"史"的品质。所以，对"永恒"的主题和题材领域的讨论，重点不是评析一部或几部代表性作品，而是勾勒和呈现其"史"的脉络。这让人想起一个词：重写文学史。

在当代文学批评中，"重写文学史"的冲动一直都有。"重写"的合理性在于，对于作家、作品和文学思潮的认知、评价，都不可避免地受到历史环境和文化视野的限定。这种限定，会放大某些品质，也会遮蔽某些价值。从这个意义上说，"史"的真相，存在于不断的"重写"之中。

但问题也有另一面。如果我们把作家、作品和读者的接受视为一个完整的文学共同体，而不是静态的、割裂的、彼此孤立的存在，那么，所谓历史环境和文化视野的限定，比如作家作品在历史上的传播和影响、读者的接受过程和社会评价，也是"文学"与"文学史"的一部分。所以，"重写文学史"的难点是它有两道门槛：一是要有今天的视角，即阐释学所谓的"当代性"；二是要进入历史的"文学现场"，即我们常说的"历史的观点"。通俗一点儿说，"重写"的结果，天罡三十六、地煞七十二的座次或许会有改变，但如果把王进写到了一百单八将里排座次，或者把卢俊义写成了坐头把交椅的带头大哥——虽然他的确捉住了史文恭，那就只剩下情绪价值了。

是为序。

2023 年 12 月于石家庄

目　录

"她"如何存在：女性文学与文学中的女性　　/ 001
非虚构写作的"是"与"非"　　/ 018
从自然文学到生态文学：概念演变中的审美转向　　/ 037
乡土文学的历史启示与现实选择　　/ 054
寻找文学里的"城市"　　/ 078
现象、质地或立场：现实主义的几副面孔　　/ 097
叙事的冲动与焦虑　　/ 114
退守与变形：当代文学的抒情之辨　　/ 135
无处不在的语言　　/ 155
言意之辨：重新审视小说结构的几个问题　　/ 174
文学能量的辐射与转化　　/ 191
批评的位置　　/ 210

后记　　/ 235

"她"如何存在：女性文学与文学中的女性

王文静：力平老师，今天我们聊聊文学与女性的关系。2023年10月初，《收获》杂志的公众号推出了北京师范大学张莉教授主持的"持微火者·女性文学好书榜"2023年秋季书单，向读者推荐了十五部文学原创作品和九部翻译类作品。其中，有女作家对女性的独特理解和描写，也有女作家关于历史和时代的宏阔而厚重的文学叙事，甚至还有男性作家对女性展开的别样观察。就小说而言，乔叶的《宝水》、林白的《北流》、鲁敏的《金色河流》、邵丽的《金枝》、须一瓜的《窒息的家：宣木瓜别墅》、裘山山的《路遇见路》等作品都曾出现在这个榜单里。那么，在这样一个现场的"女性文学"榜单和作为文学史研究范畴的"女性文学"之间，我想知道您对于女性文学是如何理解、如何定义的？

王力平：回答这个问题之前，是否应该先评估一下风险？作为一个男性读者，无论怎样理解女性文学，都可能被指责为男性或男权视角下的女性文学想象。所以，开个玩笑，我需要一个关于男性视角属于不可抗力的免责条款。因为在接下来的讨论中，女性视角似乎具有天然的合理性，而男性视角更像是一种原罪，还没说话，就已经错了。

王文静：无论基于什么视角的认知，"文责自负"四个字都是躲不掉的。

回到"榜单"的话题。当我们考察、审视上榜作品时，发现这些作品是通过榜单集合以及命名的方式，为自己营造了女性文学语境。而当这些作品各自单独出现的时候，女性文学的属性往往被作品的其他关键词所遮蔽。一方面，应该说文学批评和研究具备了女性性别意识的自觉，另一方面，女性意识和视角，在文学界乃至社会生活的更多方面，都表现出不同程度的失效。您怎么看？

王力平：单就能不能形成女性文学的共识来说，不外乎两个方面的原因。一是在文学阅读、文学批评乃至社会生活中，女性意识的自觉程度并没有想象的那么高。二是大家所持的女性文学标准参差不齐。有人认为女作家所写的都是女性文学；但有人认为这样界定女性文学过于宽泛，应当以女性形象塑造为主要特征，作家性别倒在其次；也有人认为女性形象塑造只是外在表征，真正决定女性文学的是女性意识的自觉表达。所以，当一些人觉得女性视角失效时，另一些人可能觉得是有效的，还有一些人也有失效的感觉，但理由并不相同。所以，在什么是女性文学的问题上达成共识很重要，但这恰恰也是难点所在。

王文静：戴锦华把女性形容为有史以来直至五四运动两千年中"历史的盲点"。的确，在中国自给自足的农耕社会中，随着以皇权（君权）为重心的封建制度、儒家主导的社会伦理制度和父权夫权下的宗法制度的统治，女性成为一个受强制、受压抑的性别。五四时期作为一个颠覆封建礼教秩序的历史刻度，把女性从"法定的奴隶"变成自由的人。而女性由于经历着比男性更严重的封建礼教束缚，必然更明确、更直接地感受到反封建的思想革命对自身的解放。于是，"五四"成为中国女性"浮出历史地表"的时代坐标，女性文学的概念也最早出现于五四新文化运动时期。您如何理解女性文学的这个历史起点？

王力平："五四"前后是中国女性文学研究的滥觞阶段。资料显示，最早的女性文学综合研究著述是谢无量的《中国妇女文学史》（中华书局，1916年），提出了"妇女文学"的命题。此后，有梁乙真的《清代妇女文学史》（中华书局，1927年）、《中国妇女文学史纲》（开明书店，1932年）和谭正璧的《中国女性的文学生活》（光明书局，1930年）出版。至于女性文学的概念，目前知道的是1922年梁启超的演讲《中国韵文里头所表现的情感》，其中第六节题为"女性文学与女性情感"，首次使用了"女性文学"的概念。据谭正璧1986年回忆，正是受此启发，他在1935年修订并再版《中国女性的文学生活》时，更名为"中国女性文学史"。

但是，提出女性文学的概念是一回事，女性文学的发生和发展是另一回事。我不以为女性文学的历史起点在"五四"前后。事实上，谢无量、梁乙真、梁启超、谭正璧等人谈到的"妇女文学""女性文学"，所论也都是古代文学中的作家、作品。

王文静：在女性"浮出历史地表"之前，文学中的女性总是以"被规定者"的形象存在。在《诗经》中，即便是被君子青睐的"窈窕淑女"，也无法摆脱男性的凝视，而被丈夫欺骗抛弃的女子除了发出"士之耽兮，犹可说也，女之耽兮，不可说也"这样宿命的哀叹，也别无他法。其后的焦仲卿妻、崔莺莺、霍小玉等女性，她们不是已经在男性话语秩序中，就是在进入男性话语秩序的路上。直到《红楼梦》的出现，曹雪芹塑造了丰满的、具有独立思考人格和自我意识的女性群像。可即便这样，也有研究者认为，林黛玉和薛宝钗分别是贾宝玉的"本我"和"超我"。

王力平：先不去讨论林黛玉和薛宝钗是不是贾宝玉的"本我"和"超我"。在女性主义理论视野中，女性总是被描述为男性话语秩序中的"被规定者"。其实，只要对人类社会历史有基本的了解，就知道社会资源的支配权和社会生活中的话语权，是在经济、政治、法律以及文化、道德、教育等复杂的现实关系共同作用下形成的。在分析这些复杂关系的过程中，自觉意识到性别关系的影响是必要的、合理的，是对现实关系的认知不断深化的表现。但是，如果把性别关系的影响夸大成绝对的、唯一的或统领性的，以为社会秩序的建构是在男女两性关系的博弈中完成的，那就变成了浅薄的呓语。至于说文学作品中的女性形象都是"被规定者"，其实，文学作品中的男性形象又何尝不是"被规定者"？我觉得，一般化地把女性描述为"被规定者"，是没有意义的。在文学世界中如此，在现实世界中也是如此。

王文静：我还是要追问一句，对林黛玉和薛宝钗是贾宝玉的"本我"和"超我"的观点，您怎么看？

王力平：这显然是对弗洛伊德理论的机械套用。在我看来，她们是两个具有独立审美价值的文学形象。如果一定要探究林黛玉和薛宝钗两个女性形象的统一性，我觉得她们是《红楼梦》作者女性意识的两个侧面，林黛玉和薛宝钗不同的性格和命运，反映了作者女性意识中的深刻矛盾，也是"忽喇喇似大厦倾，昏惨惨似灯将尽"的时代，包括女性意识在内的社会意识裂变的一种审美折射。

王文静：这样看来，您刚才说女性意识决定女性文学，并不是泛泛地列举观点，而是您对女性文学的基本认知。的确，女性文学的概念不可过于宽泛。女性作者的作品或者女性形象塑造，未必都通向女性文学。谈到女性意识，接续前面的话题，如果女性文学的历史起点不在五四时期，而是可以追溯到古代文学中，那么，应该怎么理解女性"浮出历史地表"之前的女性意识？

王力平：什么是女性意识？一种观点认为，女性意识就是女性对自身独立、平等地位和价值的自觉认知。按照这种理解，女性意识以及女性文学的发生，就有了两个前提或者叫作规定性。一是要有一个女性主体。有人觉得女性文学只能出自女性作家之手，大概就是以此为理论依据的。二是对女性意识的内涵有具体要求，必须达到对女性在社会生活中的独立、平等地位和价值有自觉认知的高度。这样一来，所谓女性意识、女性文学，通常会指向一个具体的女权主义运动或特定的女性文学思潮。它有意涵清晰、所指明确的优点，但也有缺陷。最重要的是，它遮蔽了女性作为社会存在、女性意识作为社会意识的现实性和历史性，也取消了女性意识伴随社会进步而不断发展的可能性。似乎女性意识是在一个早上忽然降临到人间，并且从那一刻起，便唯我独尊、别无分店，但事实显然不是这样。

在更开阔的理论视野中，女性意识不是超然于社会意识之外的、孤立的存在。或者可以说，所谓女性意识，就是一个社会、一个时代、一个文化共同体关于女性的自觉意识。它是社会意识的一部分，是历史的，是动态发展的，它可以有不同的历史和现实内容，它可以呈现为肯定、否定、否定之否定以及矛盾性、包容性等不同性质和样态。因此，一部女性文学发展史，就是一部女性意识演变史，就是一部女性在社会历史发展中不断意识到自身地位、价值、责任和使命，不断争得独立和解放的历史。也是在这个意义上，妇女解放的程度，才成为全社会人的解放的尺度。

王文静：以生理意义上的性别符号作为观察和判断女性文学的标准当然是不科学的，因为女性在文学中的存在不仅是生理形式上的存在，同时还要彰显女性特有的文化精神和审美气质。这种精神和气质表现为女性关于外部世界的独特体验，包括观察社会的性别视角，以及对内心、对历史、对时代所发出的异于男性的文学表达。所以，在理解女性文学的时候，女性作家这个"规定性"或许不是唯一尺度，但可能具有重要的、男性作家难以取代的价值。从某种意义上说，现代女性意识的核心意涵，不正是对它的相对概念——男性意识或者男性中心意识的反叛吗？

王力平：在观察和分析女性文学的时候，女性作家是一个重要维度，原因就是你刚才谈到的、女性作家笔下可能呈现出的那些特质。事实上，谢无量、梁乙真、梁启超、谭正璧等人论及妇女文学、女性文学时，都突出了女性作家写作的特点。但我仍然认为，对于成熟和健康的女性文学来说，女性作家写作可能是必要条件，但不是充分条件。一方面，男性作家未必不能观察和想象女性世界。须知作家的观察和想象能够参破阴阳、直面死亡，当然也有跨越性别差异、理解异性世界的机会。另一方面，如果说统治阶级的思想是统治的思想，那么，在所谓男权社会中，女性作家笔下站起来的，就一定是男性中心意识的反叛者吗？

王文静：如前所述，在生理学以及社会学意义上，男性作为和女性相对的概念（我们暂且不讨论性少数），不仅是女性文学产生和发展过程中可参照的系统，而且成为一种尺度和规范。而这种参照性和尺度感在凸显女性存在的同时，也加深了女性的依附状态。所谓"妻者，齐也""妻与己齐"等表述，虽没有明显的尊卑褒贬之分，看上去还有"男女平等"的意思，但是那个隐藏的"夫""己"实际上是先在的，是第一位的，是女性"齐"的模板和标准。《玩偶之家》译介到中国以《娜拉》之名在《新青年》发表时，最震撼人的台词是娜拉说出的那句"首先我是一个人，跟你一样的一个人"，《伤逝》中的子君说"我是我自己的"，其潜台词中也必然有一个可能主宰或占据"我"的人。在这个意义上，男性和女性不仅是"相对的"，甚至还是"相反"的。您怎么看待两性关系中的女性意识？

王力平：在生理学意义上，男性和女性是相对的或相反的概念，但这是自然的生理现象。女性意识不是生理学的概念，而是社会的、历史的、文化的概念。作为一个社会、历史和文化的概念，它承认男性与女性在生理学意义上的相对或相反的属性，但不会停留在生理学的定义域里。换句话说，女性对男性的依附是否加深？"妻"与"己"是否"齐"？娜拉和海尔茂是不是一样的人？面对涓生时，子君是不是她自己的？决定的因素不是简单的生理学意义上的性别差异，而是从经济到政治、法律、道德以及文化等社会历史复杂因素共同制约的结果。对这些复杂的现实关系视而不见，孤立地归因于男性与女性的"相对"或"相反"是没有意义的。男性与女性的"相对"或"相反"只是浮在水面的泡沫，深层潜流汹涌，不可不察。

王文静：男性和女性生理上的客观差异构成了女性境遇的一体两面。一方面由于男女在体力强弱、生育分工等方面的区别，从野蛮时代开始，就逐渐形成"男主外女主内"的模式，女性以家庭为圆心的劳动／活动无法与男性谋取生活资料的劳动同日而语，这也成为导致女性缺乏主体性、话语权的根源。但也正是因此，千百年来女性的社会坐标和生活经验也塑造了她们的感知方式、思维逻辑、价值观念，细腻柔婉、清新含蓄、温和包容等审美特征也逐渐被固定下来。要求女性摆脱自身的、历史遗传下来的思想印记和心理依附感，去和男性一样面对同样的社会现实——特别是在一个剧烈变革的时代，或者是具有暴力革命性质的历史时代，这也是偏颇的。比如茅盾在《庐隐论》中说，随着五四运动的落潮，庐隐改变了反封建的方向，而沉溺于个人感情与理智的冲突引发的悲观苦闷。他替庐隐惋惜，认为她的作品停滞了。这是不是一种基于男性意识／标准的评价？对女性文学来说，这样的评价是否有失公平？

王力平：你谈到的实际是两个问题。一个是女性的感知方式、思维逻辑、价值观念以及细腻柔婉、清新含蓄、温和包容的审美取向是历史形成的。一般来说，这个判断是成立的。如果要推敲细节的话，女性生育以及体力等生理性特征，对于女性社会地位和话语权的影响，并非都是负面的。第二个问题是，对庐隐的评价是否忽视了女性特征而有失公平？我知道你的第一个问题，其实是为第二个问题预设前提。但实际上，这个前提是不成立的。没有哪个人要求女性像男性一样面对剧烈和残酷的社会历史变革，而是当剧烈和残酷的社会历史变革发生时，从来不区分与它迎面相遇的是男性还是女性。所以，你可以质疑茅盾关于随着五四运动的落潮，庐隐改变了反封建方向的观点，但不能要求茅盾顾念庐隐是一位女性作家，便给予她更多的包容，即使她真的改变了反封建的方向。

王文静：与坚固的男性视角并存的另一个事实是，中国现代文学史上许多精彩而丰满的女性形象，是由尊重女性、关心女性的男作家所创作的，如鲁迅《伤逝》中的子君，曹禺笔下的繁漪、陈白露，许地山笔下的春桃，等等。这是否与当时女性受封建束缚之重、受高等教育人数之少相关？

王力平：在中国近现代历史上，女性受封建束缚深重，接受高等教育的女性更稀少，这是事实。但是，在男性作家笔下，站立起许多精彩而丰满的女性形象，这也让我们注意到，和时代精神相符的、进步的女性意识并不独属于女性作家。

王文静：理性看待文学中的女性意识，应该建立在承认男性和女性差异的基础上。这里面既有基于生理性的差异，也有女性在生活态度、心理体验和审美表达上的差异。否则，女性以及由此生发的女性意识、女性精神也一并荡然无存了。我注意到，在20世纪五六十年代，当代文学中的女性形象失去了这种性别特征。柳青《创业史》中的高增福看到漂亮的三妹子不仅不会被她迷惑，甚至还会感到如坐针毡。女性的一切基于性别的正常的表达都消失了，这里没有女性，女性特征所代表的只有堕落的低级趣味。在《白毛女》和《红色娘子军》中，无论是喜儿还是吴琼花，她们都是被压迫者，是没有或缺少性别特征的女性角色。所以，这些作品不是真正意义上的女性文学，您怎么看？

王力平：我的看法有所不同。的确，无论是喜儿还是吴琼花,在作品中,她们首先是被压迫和反抗压迫的形象。作为女性形象,她们也的确缺少一般印象中的女性特征。当这种情形不是偶见的孤例时,它其实反映了女性意识和女性形象在特定现实关系中的历史具体性,呈现出女性意识和女性形象在特定时代背景和社会意识氛围下的审美形态。我刚才说过,女性意识并不是古往今来都一副面孔。

具体到柳青的长篇小说《创业史》,三妹子这个人物的出场,是姚士杰设计的一场"美人计",意在色诱长工高增福。这个特定情境决定了在三妹子身上,一切基于性别的正常的表达都消失了,女性特征所代表的只有堕落的低级趣味。《创业史》的核心任务是塑造梁生宝的形象,而不是女性意识的表达和呈现,三妹子更是一个符号化的过场人物,其实不足为训。至于《白毛女》和《红色娘子军》,在这两部作品中,妇女解放主题和女性形象塑造都是作者自觉的艺术追求。只不过,在20世纪50年代,社会的主流意识或时代的女性意识,是在阶级解放中实现妇女解放。这和五四时期在个性解放中实现妇女解放的观点,是有很大差异的。

王文静:进入新时期,无论是创作者的受教育水平、社会化程度还是中国改革开放后充满思想活力的整体环境,都为女性文学的复苏和繁荣做好了准备,成为继"五四"之后女性文学的第二个高潮。在西方女性主义文学作品和理论被大量译介到我国的背景下,1980年代人文主义观念的发育把"个人"再次推到历史的前台,直至1990年代中期,女性文学发展达到了巅峰。身处文学现场，您对女性文学的第二次高潮怎么看？与五四时期的女性文学传统有哪些关联？又有哪些超越？

王力平：进入新时期，女性文学创作迎来一个新的发展阶段，但未必就是第二个高潮。换句话说，女性文学的发展，并不是只有个性解放一种催化剂。再换句话说，女性解放包括但不限于个性解放，如果仅仅从个性解放的维度去理解女性的解放，如果仅仅从肯定个人价值和个性自由的角度去展开女性文学想象，就无法把女性的解放理解为一个历史的过程，也无法真正理解女性文学的发展。

谈到新时期女性文学与五四时期女性文学的关联与差异，我觉得，五四时期的女性文学创作，是一段散发着璀璨光辉的历史，它在思想意识、道德观念和人生价值取向的不同方面，想象和描绘了女性独立自由和解放的前景。当然，它的问题也显而易见，正如当年鲁迅所问的那样：娜拉出走之后怎么办？新时期的女性文学创作，是和重新发现个人价值的思想解放运动相伴而生的，就像你刚才所说的，当"个人"再次被推到历史前台的时候，对女性的重新发现就成为历史的必然。但这一次却不同于五四时期，这一次没人再问娜拉出走之后怎么办。新时期女性文学超越五四时期女性文学的地方，就在于它是站在了包括女性在内的全社会政治解放、经济独立、婚姻自主和教育普及的历史高地上。用文学语言说，就是在五四时期女性文学和新时期女性文学之间，有了《白毛女》《红色娘子军》《夫妻识字》《小二黑结婚》《李双双》。

王文静：现代文学中的女性文学，急于从男性话语中独立和分离出来，女主人公们使用大量否定句式来表达自身的独立："不是玩物""不是附属""不是生育工具""不是花瓶"……而新时期以来的女性文学，已经建立了足够的自信来表达自我，从舒婷《致橡树》中以"我是……"的句式不断重叠构成的感情充沛的表达，到张洁的《爱，是不能忘记的》中理想化爱情的讨论，再到王安忆的"三恋"、林白和陈染的超现实叙事、卫慧等作家的欲望写作，更加主观和多元的女性自我被呈现，彰显了强烈的女性意识，也呼应了以伍尔夫、西蒙娜·德·波伏娃、朱莉娅·克里斯蒂娃等人的观点为代表的西方女性主义理论。那么反过来，作为女性文学创作最有力的精神支撑，西方女性主义/女权主义在实施其"影响的焦虑"时，是否在其"本土化"的过程中也遭遇了一些"水土不服"的问题？对女性文学创作的负面影响是什么？

王力平：西方女性主义理论的译介传播，推动了女性文学研究的理论自觉。但对中国当代文学发展和中国社会进步来说，西方女性主义、女权主义运动和理论的影响，大概可以用"雷声大、雨点儿小"来概括。对于中国当代女性意识的建构，对于当代女性文学创作主题的深化，女权主义理论的影响其实没有表面声势那么令人印象深刻。

西方女权主义运动和理论是20世纪80年代介绍到中国的。在那个时间节点上，西方女权主义运动和理论的一些观点，比如"性自由""性解放"，很难被中国社会所理解和接受。而另一些女权主义理论主张，在中国早已成为现实，比如主张女性离婚和受教育的权利、参加工作的权利、同工同酬以及选举权等。当然，并不是说在当代中国，女性遭遇的不公平和歧视都已经成为历史。事实上，在基层，特别是在经济贫困、教育匮乏、文化落后、信息封闭的地方，女性的独立、平等和解放以及女童的权益保护，都远远没有实现，但这里也恰恰是西方女权主义理论无法到达的地方。这些理论概念过于枯燥艰涩，比如"第二性""他者""人造的性别"等，远不及"妇女能顶半边天"更响亮、更通俗易懂。更根本的是，解决这些问题迫切需要的是发展经济、普及教育和法制，这就越发凸显出西方女权主义运动和理论的苍白无力。所以事情往往是这样，在很多时候，西方女权主义理论只是客厅沙龙里的谈资，甚至是自我放纵的遁词。

王文静：与西方的女性主义不同，中国妇女解放的历史与国家民族的革命史同步，中国女性主义的出现不是孤立的妇女运动的成果，女性更多是作为革命的受益者出现在文学中。"feminism"这个具有女权主义、女性主义双重含义的词语，最终以"女性主义"固定下来，是不是结合了中国社会和历史的具体语境之后的文化认同？

王力平：从汉语词义来看，和"女权主义"相比，"女性主义"更趋客观中性。舍"女权"用"女性"，也许有中国社会和历史文化认同的因素，但更主要的，应该是女权主义运动自身发展的原因。20世纪70年代后期，面对"性解放"和男女两性对立带来的家庭破碎和艾滋病泛滥，女权主义者开始反思，并形成所谓"温和的女性主义"和"生态女性主义"。选择一个更为客观中性的概念，以淡化过往女权主义运动的激进色彩，也许更符合女性主义理论自身发展的逻辑。

王文静：以五四时期和新时期文学为代表的女性文学，如果不在文学批评的语境下，男性是它的目标读者吗？如果您暂时放下文学研究者的身份，单纯作为一个男性读者，那么您对于女性文学的印象、判断和观点是什么？

王力平：坦白地说，在我的阅读经验中，没有哪部作品是被刻意地作为女性文学去阅读的，即使它曾经被人贴上女性文学的标签。优秀的文学作品都是写人的，写人的性格、人的命运、人的心理、人的情感方式和生存方式。女性意识是社会意识的一部分，女性形象塑造是文学形象塑造的一部分，女性解放是人的解放的尺度。我不赞成把女性特征从人的属性中抽取出来，孤立地展示、描写和想象，这和是否承认女性的独立地位和价值无关。相反，在我看来，把女性的生理及社会特征从人的属性中孤立地抽取出来，抛开历史和现实关系，孤立地谈论女性的独立地位，其实是女性主义理论的异化形态。换句话说，这种貌似与社会历史、与男性话语中心撇清关系的独立女性，其实是处在一种新的、名为"女性主义"的观念奴役之下。

王文静：我注意到，在今天，文学中的女性除了女性作家、作品中的女性形象之外，迅速发展膨胀的是女性阅读者。随着经济全球化和互联网科技的不断迭代，网络文学对于"女性"

作为性别分类符号的使用异常广泛：网络文学平台设置了"女频"，网络文学研究中有"女性向"，女性读者同样作为"文学中的女性"被凸显出来——这时候，她们与1990年代那些通俗文学和大众杂志的女读者不同的是，她们更深刻地影响着网络文学创作的走向。

王力平：你说女性读者"更深刻地影响着网络文学创作的走向"，我的看法可能没有那么乐观。"女频"的设立，反映了网络文学平台在运营过程中，对于细分市场和目标客户的自觉意识。网络文学研究中的"女性向"观点，其实是接受美学中的潜在读者理论和网络运营中的细分市场、目标客户意识的整合。在这里，与其说是女性读者影响着网络文学创作的走向，不如说是资本和市场运营对女性读者偏好的精准把控和有效引流。

王文静：回到开头。女性文学在创作上延绵不断，在概念上却慢慢淡化，当下的很多女作家不愿意甚至回避女性文学这个标签，有些论者以为这与20世纪90年代女性写作的庸俗化、欲望化有关。但我以为，除此之外，女性作家正在成长成熟的过程中慢慢丰富着自己的视野和体验，在情感和精神上更臻于"雌雄同体"，她们不再愿意被性别所局限。而在这个过程中，我们也不为女性文学的淡出而伤感，让"女性"不再做"文学"的前缀，或许才是文学基于"人"的意义的真正发展。

王力平：从女性的视角观察人、理解人、描写人，同时，把女性的生存与发展、独立和解放置于社会发展的历史过程中，置于真实的现实关系中去观察、理解和描写，女性文学就不会从我们的视野中淡出。

王文静：近年来，随着社会经济发展和文明程度的提升，女性在教育、就业甚至是体能方面获得了更多的机会，女性走向社会的历史趋势不可逆转。同时，女性的"中性化"程度也在加深，"男女都一样"在这个意义上更趋近于实现。这会造成女性意识、女性气质的隐匿消失吗？

王力平："男女都一样"不是一个严谨的学术概念，既不是文化人类学的，更不是体质人类学的。人类社会从母系氏族社会演变到父系社会，再到将来的平衡社会，男性和女性社会地位的变化，反映了社会生产方式、生产力、分工和财产分配继承关系的发展和变化。所谓"男女都一样"，是表明男女性别在社会分工和财产分配过程中的差异趋于平衡。即使到了那个时候，男性和女性仍然是对应的和相反的，是人类社会基本的性别分类。有女性，就会有女性气质，就会有女性意识。只不过，在不同历史发展阶段，这种气质和意识，会有不同的内涵和形态。

非虚构写作的"是"与"非"

王文静：力平老师，今天我们聊一聊非虚构写作。"非虚构"的概念出现在中国当代文学中，应该是2005年《中国作家》（纪实版）开设"非虚构论坛"专栏。此后，《人民文学》在2010年开设了"非虚构"专栏。在文学期刊和出版机构的共同努力下，非虚构写作蔚成风气。2015年，白俄罗斯作家阿列克谢耶维奇凭借非虚构作品《切尔诺贝利的回忆：核灾难口述史》摘得诺贝尔文学奖，非虚构写作成功"出圈"。我想知道，您平时喜欢读非虚构文学作品吗？比较关注哪一类非虚构作品？

王力平："非虚构"是一个近些年热起来的概念。在我个人的阅读经验中，所谓"非虚构"其实就是纪实性作品。这类作品中，少年时代读过《红旗飘飘》《谁是最可爱的人》《为了六十一个阶级弟兄》，后来读过瞿秋白的《饿乡纪程》、斯诺的《红星照耀中国》，不过当时并没有关于文体的自觉意识。对纪实文学的文体自觉，是在20世纪80年代。印象比较深的作品，比如徐迟的《哥德巴赫猜想》，理由的《扬眉剑出鞘》，遇罗锦的《一个冬天的童话》，黄济人的《将军决战岂止在战场》，刘心武的《5.19长镜头》，张辛欣、桑晔的《北京人——一百个普通中国人的自述》。但当时的文体归类是报告文学、纪实文学，不是"非虚构"。包括新世纪初杨绛的《我们仨》，杨显惠的《夹边沟记事》，陈桂棣、春桃的《中国农民调查》，也没有冠以"非虚构"之名。

至于更关注哪一类非虚构作品，应该说并没有特别关注的类型。在我看来，其实重点不在"虚构"或者"非虚构"。

一、"非虚构"是在否定还是在肯定？

王文静：大概是20世纪末，我还在上大学期间，北京青年报记者安顿写的《绝对隐私——当代中国人情感实录》成为畅销书，我也买来看了。因为比报纸上的篇幅更长，内容更深入，题目也更吸睛，基本上一口气就读完了。后来读季羡林的《牛棚杂忆》、杨绛的《我们仨》，读梁鸿的"梁庄系列"、罗新的《从大都到上都：在古道上重新发现中国》，现在想来都离不开作品与社会现实（或历史现实）的紧密关联，正是这些关联调动了我作为读者关于传主、关于主题、关于历史的理解和好奇，因此才会读得津津有味。近两年，《我的二本学生》《外卖骑手，困在系统里》等作品都是作为非虚构写作范畴的文本与读者见面的。从"纪实"到"非虚构"，一个概念的肯定性表述和否定性表述意味着什么？

王力平：1966年，美国记者杜鲁门·卡波特花费六年时间创作的长篇新闻纪实作品《冷血》出版，作品是对发生在美国堪萨斯州的一起凶杀案件的深度报道。作者采访了与案件有紧密联系或者看上去联系并不紧密的各类人物，记述了大量案情细节，具备了新闻和法律陈词所无法表达的具体性和复杂性。卡波特认为，《冷血》既不是普通的新闻报道，也不是一般意义上的传统小说，而是一部真实新闻报道和小说艺术特征并存的杂糅体。他称其为"非虚构小说"。

我曾在农村插队，当地有一句俗语，在表达对问询的赞同和肯定性意见时，老乡会用疑问语气说："少了是哦？""是"字前面用"少"限制程度，后面用"哦"缓和语气，在做出赞同和肯定性判断的同时，又为自己留下余地。"非虚构"也是这样，用否定性词组"非虚构"，从反面去表达"纪实"的意涵，其用意是在"纪实"和"虚构"之间，寻找更大的弹性空间。

这两段谈论"非虚构"的话，如果前者是"纪实"，后者就是"非虚构"。在"非虚构"这个词里，"非"就是用来否定"虚构"的。否定了"虚构"，你会联想到"纪实"。但这是你的联想，不是我提出的主张。这就是"余地"和"空间"。

王文静：作为一个文体概念或者一种创作方式，"纪实"有着自身稳定的含义，它为什么需要余地和空间？如您所言，意图让人想到"纪实"，却又不明言"纪实"，是纪实性文学在发展中窄化了自身内涵，需要通过概念重构来恢复？

王力平："子曰：'必也正名乎。'""正名"的重要性是毋庸置疑的，但这种重要性的表现形式，却往往带有随机性、偶然性。中国当代文学提出"非虚构"，是创作思潮的自觉倡导。定名"非虚构"，我不知道主其事者是苦心孤诣，还是妙手偶得。在我看来可谓一石三鸟：明言"虚构"，实指"纪实"，二者相交处，恰是创作思潮的现实针对性所在，至于"国际视野"，算是搂草打兔子吧。

王文静：或许也没有这么复杂。既然中国的非虚构写作是出于自觉的策划和倡导，那么，把概念改头换面再搬上舞台最符合造势的需要。更何况"非虚构"在世界文学坐标内也有出处。但是，这样一次概念的转化在倡导纪实写作的同时，为非虚构写作提供余地和空间的同时，在获得了国际化和世界性的同时，却不可避免地导致了自身意义的含混。它的面向越来越宽：人文情感、社科历史、纪实小说、回忆录、社会调查……它无所不包，凡是与"真实"有所关联的话题皆在"非虚构"之中。与此同时，"非虚构"也从一个时髦的概念逐渐变成一种语焉不详的文类、题材或写作方式，模糊的概念边界也带来了意义的泛化，以至于有的学者把它称为文学世界中的"饕餮"——好像除了诗歌，文学创作已经陷入非虚构写作的汪洋大海了。那么，它作为一个文学概念被严重泛化甚至是滥用的时候，您认为"非虚构"这个概念的意义何在？

王力平：你说的情况的确存在。现在有两个基本事实：其一，"非虚构"外延宽泛，所指飘忽不定；其二，"非虚构"是一个文学话题，走出文学界，未见有人感兴趣。把这两个事实放在一起,我们要做的事情也就明确了。非虚构写作和研究,要坚守文学性。可以"非虚构",不可以"非文学"。"非虚构"可以有种种可能性,但唯独不该是一个把文学异化为非文学的方便之门——可以让我们站在文学圈内,对文学之外的广大世界纵议阔论,而不必接受来自相关专业领域的质疑和诘问。所以,我们今天既然要讨论非虚构写作,就要把"非虚构"限定在文学叙事的范围内,在文学创作中,讨论"非虚构"的意义、价值以及种种可能。

王文静:在学术研究中,回归概念、追溯起源和梳理发展史是最常见的、必要的路径。比如我们谈现实主义小说创作、新浪潮电影、女性主义等,都要回到概念原点廓清其内涵、外延,再关注其发展流变中呈现出的特点和规律。但这对于"非虚构"可能收效甚微,因为在虚构与非虚构之上,我们似乎无法追溯到一个可以涵盖二者的概念。于是造成这样一种尴尬:我们常常使用这个词,但却无法有效地认知和说明它。那么,这个概念还有意义吗?这两个看上去互补的概念是否可以统一起来?

王力平:你可以把目光从"非虚构"那里稍稍移开一点儿,"非虚构"的意思就是纪实、写实,纪实与虚构是对立统一的两个矛盾方面。至于"发展流变中呈现出的特点和规律",就不妨在当代文学发展的潮起潮落中寻觅踪迹。比如,非虚构写作风起青蘋之末,与此前文坛淡化社会现实、沉溺语言叙事圈套的形式主义思潮之间,与"新写实"表现出的琐碎、偶然和庸常之间,是否存在着或隐或显的内在联系?

王文静：不错，把"非虚构"读作"纪实""写实"，其间的逻辑关系就清晰很多。不过，在20世纪八九十年代，因为先锋文学的兴起，虚构曾是文学的宠儿，有无可置疑的独尊地位。"非虚构"冠以一个"非"字，就想把虚构化作"明日黄花"也殊为不易。毕竟在文学创作中肯定纪实容易，否定虚构还不太现实。

王力平：在文学叙事中，无论"纪实"还是"非虚构"，事实上，任何记述都不可能"如实"。

一个基本事实是，事物的存在既是时间性的，同时也是空间性的。而语言是一种时间性的媒介工具，它只能在一个持续展开的线性过程中，通过字、词、句子和段落，前后有序地依次记述事物的时间关系和空间状态。简单地说，在不同地方同时出现的人和事及其相互关系，无法同时呈现在语言记述中，你只能说完一件事，再去说另一件事，虽然它们实际上是同时发生的。而一旦分属先后，就不免先入为主，就不免认"前"为因，视"后"为果。想想《水浒传》未写一百单八将而先写高俅的例子，不难窥见"叙事"的立场。

不仅如此。从隐公元年（前722年）到哀公十四年（前481年），现实时间是二百四十余年，而记述这段历史的《春秋》，不过区区一万八千言。读一遍《春秋》甚至不需要一天时间，"一篇读罢头飞雪"不过是"诗家语"罢了。可见，虽然语言是时间性的媒介工具，也无法让叙事时间在长度上"如实"呈现现实时间。其中有多少选择、取舍和遮蔽，哪里还有"如实"的立足之地?

另一个基本事实是,当我们用语言去记述现实时,就意味着出现了两个"现实"。一个是具体地发生在特定时间和空间中的现实,或者叫作客观现实;另一个是存在于语言叙述中的现实,或者叫作基于特定视角的现实言说。前者是人类为了生存与发展的需要而进行的物质生产和社会实践的过程,它是客观的,不以任何个人的主观意志为转移。后者则是一种社会意识形态,它会因为言说者世界观的不同、立场的不同、信息占有的不同以及观察视角的不同而呈现不同的样貌。

所以,客观现实无法在任何一次具体的、关于现实世界的言说中得到真实且完整的呈现。这个特点很容易让人误解,以为世界不可知,以为历史就是一个任人打扮的小姑娘。但事实上,就像《圣经》里说的那样,上帝关上了这扇门,就会为你打开一扇窗。对现实世界真实、完整的认知,其实就存在于从不同视角展开的、对现实和历史的科学观察、认知和反思之中。

前一个事实反映了语言媒介的线性特征,后一个事实反映了文学叙事作为人类精神创造活动的意识形态特征。它们共同证明了一点——在以语言为媒介的文学叙事中,没有什么纯然客观的"纪实"。作家的文学创造,从来都不是历史的客观复制或现实的机械模仿。所谓"纪实",所谓"非虚构",其实和"虚构"一样,都是作家完成形象塑造的方法和手段。

王文静:历史的辩证法告诉我们,许多看上去对立的、水火不容的事物,其实在某个更深的层面是具有相通性或者统一性的。所以，我们不必因为一次具体的言说，无法完整地呈现世界的真相而遗憾，也不必纠结"纪实"与"虚构"的对立。事实上，就像您在对话开始时说的那样，重点不是"虚构"或"非虚构"，"非虚构"的本质并不是要否定"虚构"。那么，倡导非虚构写作的意义何在？换句话说，您认为非虚构写作的精神特质是什么？或者说，应该是什么？

王力平：的确，"非虚构"并不是要终结"虚构"。"非虚构"是一种态度，是倡导和推动当代文学贴近现实生活，介入社会历史实践，直面人生中的矛盾和困境以及人性中的善良与丑恶。在我看来，这大概就是"非虚构"的精神特质了。

二、"非虚构"的看家本领是什么？

王文静：真实感除了是一种心理学状态，也是艺术范畴特别是美学范畴中的重要概念，我们常说的惟妙惟肖、栩栩如生、感同身受、身临其境等描述，都是关于真实感的积极评价。在看电影或话剧的时候，引发观众价值认同的基础首先就是共情，这也是作品在艺术上传递真实感的结果。在文学上也一样，"虚构"的意义是通过虚构让读者获得真实感，"非虚构"的意义是通过纪实让读者获得真实感，殊途同归，体现的都是"真实感"在审美中的重要位置。也就是说，虚构或者"非虚构"都不是目的，它们都是抵达艺术"真实感"的途径。只有"真实感"在场，读者对作品产生信任，他（她）才能进入作品讲述的故事和营造的艺术境界，并产生思想的撞击、情感的共鸣，而这也是文学创作的旨归。

但是，这并不能消除另一个问题：为什么进入新世纪以后，恰恰是"非虚构"渐渐兴起，渐渐走到了舞台中央？所以，在指出"非虚构"其实和"虚构"一样，都是抵达艺术"真实感"的途径之后，我们还是要回到文学现场，回到您刚才所说的那种可能性，"非虚构"风起青蘋之末，与此前的形式主义和"新写实"之间，存在何种内在联系？

王力平：是的，我们终究要回到文学现场。我刚才说过，"非虚构"不是要终结文学虚构，而是倡导和推动当代文学贴近现实生活、介入社会历史实践。如果把这种主张和努力放回到文学现场，则可以观察到它不同侧面的审美特质。

首先，非虚构写作是以现实生活嘈杂而蓬勃的活力、粗粝而坚实的质感，去反思和反拨"淡化现实""远离现实"的形式主义迷思。

当代文学发展中的形式主义迷思，起初的症状是对精致的"虚构"和圆熟技巧的迷信，病入膏肓时则表现为贵族化的、"为艺术而艺术"的"象牙塔"崇拜。当然，在讨论现实主义创作和文学叙事理论的时候，我们曾说过，先锋文学带来的形式自觉是当代文学发展不可缺少的一个重要环节。但形式自觉的重要性，并不能成为削弱文学艺术与现实生活紧密联系的理由。事实上，创作思想和实践中"淡化现实""远离现实"的倾向，终将导致叙事技巧运用的僵化和形式创新的枯竭。

非虚构写作的"是"与"非"

王文静：不管"非虚构"的兴起是源于作家的自觉追求，还是源于他们发现了虚构的局限性，客观上，非虚构文学开始呈现出烟火气十足的现实主义质地。《出梁庄记》用两年时间，对分布在全国各地的梁庄人进行实地采访；《中国，少了一味药》是作者潜入江西某地传销组织二十三天的惊险经历；等等。非虚构写作拉近了当代文学与当代中国现实生活的距离，给文学增添了烟火气，增加了人气。

但这里有一个问题，从文学现场的实际情形来看，在第一时间、直接对形式主义思潮展开反思和反拨的是"新写实"，是"现实主义冲击波"。当其时也，"非虚构"并未登场。

王力平：是的。从思潮发生来看，对形式主义文学思潮反思与反拨的努力，走在前面的是"新写实"，是"现实主义冲击波"。但任何一种历史要求，或者说任何一种源于事物自身发展的内在需求，都不可能经由一次努力而竟全功。从这个意义上说，你不妨把"非虚构"看作是"新写实"以及稍晚一些出现的"底层叙事"的继续。但事实上，事情可能没有这么简单，这也正是我想谈的第二点：非虚构写作是以全方位、多角度的观察、记录和描写，以现实世界的总体性把握，去反思和超越"新写实"和"底层叙事"的琐碎、片面、庸常和偶然。

"新写实""底层叙事"，由于它选材的"底层"偏好和困厄主题的模式化趋势，也由于故事的回归，强化了小说情节沿着因果关系链线性展开的惯性，必然对小说多角度、全方位呈现世界的可能性构成限制和遮蔽。而非虚构写作在呈现世相时的"散点透视"特点,源自不同采访对象口述实录的意见表达,其实有助于我们倾听来自不同方向、不同立场的声音,从而在不同观点和见解的相互诘问与辩难中,渐渐逼近世界的真相。

王文静:我注意到,您是在不同创作思潮的相互关系中,去发现非虚构写作的审美特质。相对于形式主义创作思潮,非虚构写作是以现实性去反拨对虚构和叙事的迷信以及"象牙塔"崇拜;相对于"新写实""底层叙事","非虚构"是以总体性认知去超越琐碎、片面、庸常和偶然性。前一种"反拨"关系比较清晰。对后一种"超越"关系,我有一个问题。这种超越关系表明,非虚构写作是以总体性去超越"新写实""底层叙事"的琐碎、庸常和偶然性。但是,所谓"非虚构",不就是要通过"去典型化""去中心化"来再现以往被遮蔽的"真实"生活吗?您怎么区分非虚构写作的"去典型化""去中心化"与"新写实""底层叙事"的琐碎、庸常和偶然性?事实上,在非虚构写作中,来自"底层"的选材和表达"困厄"的主题并不少见。

王力平:这个问题牵扯较多,我们逐一梳理它。

首先,我并不认为"去典型化""去中心化"是非虚构写作的一个审美特点。我在前面说过,在以语言为媒介的文学叙事中,没有什么纯客观的纪实。如果说客观世界是未经典型化的,那么,用语言去记述这个世界的过程,就是一个典型化的过程。当然,人们对典型化会有不同的理解,进而会影响人们对典型化的目标设立和方法、路径选择。比如,可能有人认为典型化的过程是一个从特殊性上升到普遍性的过程，目的是把握事物的本质。但我可能觉得艺术的典型化过程是一个通向个性化的过程，是一个把握和呈现具体性的过程，目的是把握和呈现特定关系中的"这一个"。"典型化"问题说来话长，以后可以专题讨论。

其次，借助多角度的田野调查和不同对象的口述实录，非虚构写作的确为读者呈现了一种"去中心"的"分布式"特点。但事实上，这种"分布式"特点就是作者锁定的中心所在。因为有核心事件和贯穿情节，乔叶的《盖楼记》《拆楼记》更像是小说。但显然作者有一种强烈的自觉意识，就是观察视角的开放性，努力呈现不同人物立场和视角的差异性。在乔叶笔下，包括"我"在内的多个人物、多种关系、多层利益诉求，在"盖"与"拆"的博弈中，充满了政策和对策、算计和被算计、得逞和落空，没有谁能独自决定盖或者不盖、拆或者不拆。看上去，真的做到了"去中心"。但恰恰是通过"去中心"，作者实现了对更复杂的"平行四边形合力"的聚焦。

王文静：以"去中心"的方式突出"中心"，是否可以看作是理想状态下非虚构写作的利器？这让我想起美国非虚构作家泰德·科诺瓦。他的专业是人类学，但撰写毕业论文的时候，他发现大学的精英主义过多地限制着他对世界的观察。于是他开始了自己的"扒火车"之旅，并以第一人称写下这部流浪汉之旅——《迷踪》。后来，在一次以狱警为对象的写作中，他去应聘狱警职位，成为一名真正的狱警。工作期间，他靠这份薪水生活，终止写作，直到他认为自己的体验已经足够全面才辞职并开始动笔。他厌倦大学的精英主义，在写作中表现出了转换视角观察世界的自觉。实际上，在他身上我们至少能找到两种观察生活的视角——底层的和精英的，虽然后者令他忌惮。

我们还是要回到刚才的问题。在您谈到的"超越"关系中，该如何理解非虚构写作其实不乏"底层"题材和"困厄"主题的问题，如何理解"总体性"问题？

王力平：为了强化文学介入现实的力量，非虚构写作并不排斥底层，也不讳言困厄和艰难。所谓超越，针对的是取材上的底层偏好和困厄主题的模式化趋势。当一种偏好和模式化趋势形成的时候，一方面固然赋予作品更鲜明、更突出的风格特征，但另一方面，也带给作品更浓厚的主观色彩、更深重的观念视角遮蔽，虽然它们仍然举着"写实"的旗帜。我们知道，没有情感立场的文学叙事是不存在的。但这并不等于我们应该接受一个模式化的情感立场和一个基于思维惯性的观念视角。

关于"总体性"问题，其实和"典型化"问题一样，也存在不同的理解，包括不同的目标设定、不同的方法和路径选择。一般认为，是卢卡奇首先在文学理论领域使用"总体性"（也译作"整体性"）概念。简单地说，他的"总体性"理论意在强调辩证方法在社会历史实践活动中的本体论和方法论地位。这一点很重要，但也很艰涩，我们不去多说。通常人们对"总体性"的理解，或者侧重于强调部分或量的集合，或者侧重于揭示内在要素间的相互关系。还有一种观点影响比较大，认为

"总体性"就是以一种本质性认知,去阐释和统摄那些被称为具体性、特殊性的现象和细节。这些观点都程度不同地对文学创作发生过影响。在我看来,文学创作中的"总体性",其实是在具体的现实关系中发现审美价值,或者说,是在创作活动中,通过审美关系的艺术建构,揭示或者赋予情节、人物、场景和细节以审美价值和意义。这也是一个说来话长的题目,以后有时间可以专题讨论。

王文静:非虚构写作中视角和立场的开放性,的确带给读者很强的现场感。恐怕正是无法拒绝作为目击者的诱惑,渴望在万千他者经历中增加自己的在场机会,读者才对"非虚构"如此钟爱。说到读者的喜爱,评论家张莉曾提出一个问题:如果当初梁鸿的《梁庄》不作为"非虚构"发表,而是归类到报告文学,它还会有这样的人气吗?我想知道,您怎么看待非虚构写作和报告文学的关系?

王力平:《人民文学》开设"非虚构"专栏是在2010年第2期,《梁庄》发在同年第9期。从编辑流程来看,《梁庄》不会作为报告文学发表。当然,我知道你真正关心的重点不在这里。

从理论上说,我不认为非虚构写作与报告文学是两种不同的文体。在我看来,它们的区别只是命名时有不同的着眼点。报告文学着眼于真实性和文学性内涵的相互渗透,"非虚构"着眼于纪实和虚构手法的相辅相成。但在实践中,两者之间却有微妙的,然而是重要的差异。这种差异,也正是我想谈的非虚构写作审美特性的第三点：非虚构写作以作家自觉的主体意识和个性化叙事，去反思和克服报告文学写作中平庸的流行观念、普泛的公共视角和空洞的宏大叙事。

从20世纪30年代开始，报告文学创作一直是中国现当代文学的重要一翼，涌现出许多脍炙人口的好作品。然而走到今天，问题也是显而易见的。依我个人的阅读经验来看，我觉得当前报告文学创作的问题来自两个方面，一个是"庸俗化"倾向，一个是"庙堂化"倾向。前者表现为市场经济背景下报告文学写作中的"铜臭气"，为了"向钱看"的目的，替某个企业家、暴发户撰写发家史。放弃作家的主体性，按照甲方的意志为传主立传。这种写作当然上不得台面，但却在广大基层作者和读者中间，蛀蚀了报告文学创作的尊严。后者表现为面对重大题材的蜂拥而上、人云亦云。千篇一律的扶贫脱困，千人一面的疫情防控，平庸的流行观念、普泛的公共视角、空洞的宏大叙事。说得好听一点儿，是记录卓越，见证光荣，讴歌伟大；说得难听一点儿，就是把报告文学写作阉割成没有生机和锐气的"庙堂雅乐"。从当下的阅读经验来看，非虚构写作在克服报告文学写作中的"庸俗化""庙堂化"倾向方面，是颇有成效的。

三、"非虚构"为什么"人红戏不红"？

王文静：2017年，复旦大学中文系百年系庆活动中有一场小说大师对谈，话题是"经验与虚构"。包括贾平凹、王安忆、陈思和在内的著名作家、评论家纷纷表达了"虚构越来越难",而非虚构作品无论是市场销量还是读者反馈都越来越好的感触,表示"更喜欢读非虚构作品",喜欢其中的纪实因素。这场围绕虚构展开的对谈,仿佛印证了非虚构写作已经征服了手持虚构武器的小说家们。

王力平:小说家的这些话,不妨看作是一个"非虚构"文本。一方面确实是内心感受的真实表达;另一方面,也不乏渲染和虚构的成分。不过,小说家喜欢"非虚构"里的纪实因素,透露了非虚构写作在丰富和创新文学叙事手法方面,是具有启发性的。就非虚构写作的实际情形来看,从保留着核心事件和贯穿情节的非虚构小说,到秉持鲜明情感立场的专题社会调查;从个体生命经历真实记述,到社会众生相的口述实录,非虚构写作不仅"接地气"而且疆域宽广,这为文学叙事的创新提供了重要的基础和更多的可能性。

王文静:从2010年代非虚构写作蔚成风气到今天,十几年过去了。非虚构写作"人气"很高,但经典作品不多,给人一种"人红戏不红"的感觉。并且,"非虚构"本来就是一个界限模糊的概念,平台期太长,是否会被大众文化收编,成为畅销书的关键词,成为"四不像"的"乾坤袋",成为二流作家无力处理现实题材以及虚构能力堪忧的堂皇借口?

王力平:一部文学作品成为经典,要经过时间淘汰。如果把非虚构写作与报告文学区别看待,那么,自觉的非虚构写作只有十余年,谈论经典为时尚早。不过,围绕你说的"人红戏不红"的感觉和"平台期太长"的担忧,倒是能引出一些关于非虚构写作自身发展的问题。

王文静:就是说,其实您对非虚构写作的未来发展,也有一些担忧,或者说有一些思考?

王力平:你是否想过这样一个问题,"非虚构"是一种创作思潮,还是一种文学体裁形式?我们前面分析了非虚构写作的三个审美特点,它们有一个共同点,都是着眼于非虚构写作发生的现实针对性,着眼于当代文学现场的现实需求。因为存在这种现实需求,所以非虚构写作的兴起,不是哪个人一拍脑门的兴之所至。但也因为具有这种现实针对性,非虚构写作更像是一种创作思潮。你知道,一种创作思潮的兴起,越是因应着现实需求、越是具有现实的针对性,就越是可能随着这种现实需求和针对性的消弭而消弭。

不仅如此。对于小说创作来说,反拨"淡化现实""远离现实"的形式主义迷思,超越小说取材的"底层"偏好和困厄主题的模式化倾向,非虚构写作并不是唯一选择和路径。对于报告文学创作同样如此。设想有一天,报告文学创作克服了所谓"庸俗化""庙堂化"倾向,那么,"克服"之日,是否就是非虚构写作偃旗息鼓之时呢?

王文静:非虚构写作有没有可能不仅仅是一种创作思潮,是否同时可以发展成一种具有独立审美价值的文体?或者换句话说,非虚构写作的发生,除去因应文学现场的现实需求以外,是否还有相对于其他文体的独特的审美价值?是否还有基于自身发展需求的审美特点？

王力平：这是一个好问题。在我看来，这个问题的核心，是"非虚构"会不会取代报告文学。从当代文坛的实际情形来看，对于非虚构写作，人们显然不满足于仅仅是一种创作思潮，而是怀着对一种独立文体的热情和期待。你说的不错，单纯地因应文学现场的现实需求，只能在一个时间段里成就一种创作思潮。而一种独立的文体，必须提供其他文体所没有的、独特的审美价值，这也是一种独立文体所不能缺少的文学性。

说到文学性，非虚构写作有没有独到之处？我觉得，"多视角叙事"是一个值得观察和重视的点。它的直观特点是呈现来自不同角度的观察，记录来自不同立场的意见；它的认识论基础是真理的绝对性寓于相对性之中；它的情感逻辑是通过现场感的营造进而抵达真实感；它的叙事特征是多个第一人称限知视角叙事的复合与交响。

关于最后一点我想多说几句。首先，在现实生活中，人们所有的观察和认知，都是通过限知视角完成的。所以，第一人称限知视角叙事是最具真实性和现实性的。其次，在文学创作中，第一人称限知视角叙事是很常见的，但通常是运用在"向内转"的叙事活动中，是朝向内心世界的。把多个限知视角组织在一起，以多个限知视角观察、记述现实世界中的同一事物，形成蒙太奇艺术中的"罗生门"效应，在第一人称叙事的小说文本中并不常见，但在非虚构写作中却是一种自觉且普遍的存在，用你的话说，是一种"利器"。这种叙事方式的自觉运用，不仅增强了现场感和现实性，同时也凸显了非虚构写作的文学性。

王文静：这样说来，非虚构写作的"人红戏不红"，既有经历时间淘汰的问题，也有其自身内部审美特征不断建构的问题。我是不是可以乐观地想象一下作为独立文体的"非虚构"呢？

王力平：乐观似乎还早了一点儿。虽然从报告文学创作的实际情况看，"多视角叙事"并不常见，至少目前还不是显著特征，但从理论上看，报告文学完全可以胜任"多视角叙事"，并且，说到文学性，和报告文学已有的建树相比，"写人"又恰恰是非虚构写作的短板。从非虚构写作的实际情况看，"记事"者常有，"写人"者少见。这有两种可能：一种可能是，重"记事"、轻"写人"是"非虚构"的自觉选择；另一种可能就是，更自觉的"写人"，是非虚构写作回应自身发展需求、提升文学性的一个重要课题，一个有待丰富和展开的审美方面。

"让子弹飞一会儿。"也许报告文学终将克服"庸俗化""庙堂化"倾向，并从非虚构写作中汲取营养，实现凤凰涅槃。也许，报告文学终因讳疾忌医、泥足深陷而渐趋式微，没有告别仪式却被"非虚构"所取代。

从自然文学到生态文学：
概念演变中的审美转向

王文静：力平老师，您是否注意到，近年来，以自然、生态为主题的文学创作和研究"热"起来了？以自然文学和生态文学为主题的创作研究活动十分活跃，如在辽宁举办的中国生态文学论坛，在内蒙古举办的《草原》自然写作营，等等。我们今天就聊聊当代文学中的自然和生态主题写作。

王力平：我注意到了，看到《草原》杂志在倡导自然写作。文学终归是社会生活的反映。以自然、生态为主题的创作"热"起来，折射出自然环境和生态文明在当代社会生活中占有越来越重要的地位。不过，关于这个话题，泛泛地聊一聊不难，聊得深入一点儿，特别是在文学的意义上深入一点儿，其实并不容易，我们分几个话题来谈。

一、关于几个争议性话题

王文静：那我们就从几个有争议的话题开始。伴随着自然、生态写作和理论探讨的兴起，相应地就有了自然文学、环境文学、环保文学、生态文学种种旗号。名号各异，内容却交叉重叠，概念含混、随意，可以说是"乱花渐欲迷人眼"。这些繁杂名目，它们是一回事吗？或者，它们原本就不是一回事？

王力平：对"正名"这件事，孔夫子十分重视。但他遇到了很大的困难，难在他想以一己之力，驱"实"以就"名"。奈何"实"已经发生了变化，很难再装进他所喜欢的那个"名"的壳子里。后人作"名""实"之辩，都应汲取这个教训。至于你提到的那些名称，其实你刚才的描述已经给出了答案。称名杂乱是因为随意，各随己意。可以理解，但不足为训。

王文静：那么，对以自然和生态为主要内容的创作，您更倾向于用什么概念来表达呢？自然文学还是生态文学？

王力平：其实，只有理论批评工作者才关心这种问题，写作者通常不会去想他写的是自然文学还是生态文学。

在自然文学与生态文学的称名之争中，大概主张生态文学的声音会占上风。这是有合理性的，因为生态问题是一个现实问题。自然文学的提法虽然没错，且能够涵盖古今，但它缺了一点儿现实的针对性。当然，这不是说古人没有生态平衡的意识。事实上，最迟成书于汉代的《逸周书》中就写道："春三月,山林不登斧,以成草木之长;夏三月,川泽不入网罟,以成鱼鳖之长。"这和今天的"封林""休渔"政策是一脉相承的。不过,在农耕文明背景下,生态不平衡的问题没有如今日这般严峻,社会的生态意识基本以正面阐述为主。而当下,生态问题已经成为危及人类生存和发展的现实问题。受到这种现实性的影响,无论是关于自然和生态的写作,还是关于这种写作的理论探讨,人们关注的重点必然是"生态",而非一般化地谈论"自然"。

王文静:在我看来,自然文学以描写自然为主题,突出人置身于大自然的审美感受和心灵体验。当然,自然文学也思索人与自然的关系,不过它更加注重对自然的记录以及对和谐的向往、歌颂,理想主义色彩浓郁。而生态文学作为人类文明和社会发展的必然产物,往往立足于自然生态的链条上去探寻生态问题的根源,预警可能发生的生态灾难,具有强烈的问题意识。您怎么看自然文学与生态文学的这种差异?

王力平:看得出来,你对自然文学和生态文学的差异比较敏感。在我看来,它们其实都属于一个大家族。其中一些作品偏于自然和博物学的写作,一些作品偏于环保和生态问题的写作,还有一些作品可能会在某种程度上溢出自然生态领域,关涉到城镇化建设、故园坍塌、现代城市病等方面。理论批评并不规定作家能写什么、不能写什么。如何命名这种创作思潮,仅仅表明了理论关注点的不同,并呈现创作思潮的发展趋向和价值取向。人与自然的关系古已有之,生态的视角则体现着当代性。从主张自然文学的观点看来，生态问题同样是人与自然的关系问题，因而应该把"生态"问题放在自然文学发展的历史中，以确定其位置；从主张生态文学的观点来看，人与自然的关系在今天集中表现为生态问题，因而应该把"生态"问题突出出来，以彰显自然文学在今天的新变。

我说主张生态文学的声音会占上风，但我并不赞成撇开"自然"谈"生态"。所谓写作者通常不去想他写的是自然文学还是生态文学，这个话，对那些站在门槛里外几步的写作者是适用的。但要深入堂奥，离开"自然"这个维度和背景，是难以深刻理解"生态"问题的。比如，以"和谐"为"生态"的价值取向是毋庸置疑的，但如果把"自然"的维度纳入视野，就会发现其实"不和谐"是经常发生的，"和谐"只是一种暂时的、有条件的平衡状态。

其实，"生态"是"自然"在当代社会的表现形式。并且，"生态"的内涵、意义和价值，是由人类社会的发展要求、人对自然规律的认识程度和驾驭能力共同定义的。所以，我更愿意在"自然"与"生态"中间加一个连接符号，称作"自然—生态文学"。

王文静：在以自然和生态为主要内容的创作活动中，还存在"人类中心主义"与"自然中心主义"的争议。"人类中心"认为，在人与自然的关系中，人是主体，自然是作为对象存在的。人是万物之灵，是万物的尺度，人的生存和发展是第一位的。"自然中心"则认为，人是自然的一部分，万物是平等的，在自然面前，人的优越感是虚妄的。在生态系统的整体利益面前，人类利益不是最高价值。在自然文学和生态文学创作中，这种争议常常表现为作者的立场和视角。您怎么看这两个"中心"之争？

王力平： 我注意到，在谈到自然、生态问题的时候，存在"人类中心主义"与"自然中心主义"的立场之争。但也许是我的阅读视野狭窄，在国内的自然—生态文学讨论中，我没有看到有人站在"人类中心主义"的立场上发声。所谓"人类中心主义"的理论主张，只见于批判"人类中心主义"的相关论述中。西方环保运动的理论建设比较充分，两个"中心"阵容严整，旗帜鲜明。但我个人觉得，用舶来的"箭"去射一个舶来的"靶子"，其实意义不大。

在国内的自然—生态文学讨论中，"人类中心主义"不是一种严谨的、系统的思想理论。一些著名的观点比如"人是万物的尺度"，原本是古希腊哲学家普罗塔戈拉的名言，是以"人的尺度"去质疑"神的尺度"，与生态问题全无干系。引述类似的思想观点，来辨析人与自然的关系，说它表现了人类在大自然面前从完全不自由到逐步获得某种自由的喜悦，是可以相信的。但要说这句话的意思是要榨干大自然的最后一滴水、一滴油，以满足人的穷奢极欲，那就只剩下情绪价值了，对于深化人与自然关系的认知，没有任何意义。

在我看来，只有人与自然的主体、对象关系是真实的，它反映了人类基于生存和发展的需要，必须不断地认识自然、顺应自然和改造自然的基本事实。如果我们承认人在不断地认识世界、认识自我，就是承认了人在认识和实践活动中的主体地位，也就从根本上排除了"自然中心"。如果一定要有一种以"自然"为中心的理念、立场或主义，那么这种理念、立场或主义也只能由人提出和论证，由人设想和设定。而提出怎样的论点和论证、做何种设想和设定，都是人的思想意识形态，都无一例外地反映着人类社会生存与发展的历史要求。这样一种所谓的"自然中心主义"，恰恰证明了人的主体地位。所以，两个"中心"之争其实是一个伪命题。从根本上说，所谓"人类中心"，是着眼于人的生存与发展；而所谓"自然中心"，则是着眼于这种发展的可持续性。把人类发展诉求的两个方面割裂成两个"中心"对立起来，并加以绝对化，其实暴露了思维方式上的形而上学痼疾。

王文静：承认人在认识和实践活动中的主体地位，也就同时承认了自然界的客体地位。主体与客体是相互依存的，对象的存在是自身存在的前提。在以实践为特征的主客体关系中，人要认识自然、改造自然。同时，人类既是自然的一部分，又是社会实践的主体，所以人类对自身的认识，也是对自然的认识；对自身的改造，也是对自然的改造。事实上，人类对自然有效的、合理的利用，就是建立在认识和尊重自然规律的基础上。所以，除了人在自然面前的主体地位，其实并没有什么"人类中心"，"自然中心"也是心造的幻影。

王力平：是的。没有必要把简单的事情复杂化、玄学化。

在人与自然构成的主客体关系中，人类只能从自身生存与发展的角度、立场去思考和行动。这种思考和行动是一个历史的过程：一方面，人对自然的认识是一个历史的过程；另一方面，人对自己的认识也是一个历史的过程。人类需要不断地认识自己、认识自然，就是为了不断地修正自己、改造自己，为了更好地顺应自然、改造自然。

顺便说一句。不要一提"改造自然"，就扣上"人有多大胆，地有多大产"的帽子。一个主观唯心主义的口号，不应该成为否认历史唯物主义的遁词。人类学会直立行走已经三百万年了，都江堰建造已经两千二百多年，大运河全线通航已经七百多年，这都是人类改造自己、改造自然、构建新的生态的伟大实践。其实，改造自己、改造自然的过程，就是打破人与自然原有的和谐，从不和谐达到新的和谐的过程。用马克思的话说，就是"按照任何一个种的尺度来进行生产，并且懂得怎样处处都把内在的尺度运用到对象上去"的实践的过程。

王文静：还有一个与之相关的问题，有些论者出于肯定人与自然和谐关系的心理，或是为了提升"自然中心主义""生态中心主义"的地位和评价，认为对那种把人的身段放低，仰视自然、敬畏自然的态度和立场，应该提升到世界观和方法论的高度去认识。在您看来，自然文学、生态文学，除了是一种文学主题，还是一种世界观和方法论吗？

王力平：把自然—生态文学理解为一种文学主题是没有争议的。至于说提升到世界观和方法论的高度，我觉得大可不必，

"最最好"并不比"最好"更好。

严肃地说,尊重自然的态度、立场,本身并不构成世界观、方法论,而是唯物论世界观和坚持普遍联系的辩证思维方法在自然生态问题上的一种反映。不过,这个问题也可以轻松一点儿去看,把仰视、敬畏自然的态度、立场表述为世界观、方法论,是一种更能引起关注的文学性表述。比如有人称赞余华的作品语言简练,余华解释说那是因为自己识字少。对余华的话,轻松一点儿去听是有趣的,但若信以为真,没趣的就是自己了。

当然,任何比喻都是蹩脚的。余华的话,闻之可以解颐。把仰视、敬畏自然的态度、立场表述为世界观、方法论,其实含有不便一笑了之的侧面。因为,较之具体作家的创作态度和具体作品的叙事立场,世界观和方法论具有更大的普适性和规约性。但事实上,并不是所有面对"自然"的写作,都要遵循把人的身段放低,采取敬畏"自然"的立场和仰视"自然"的视角。比如同样是写人与自然的关系,陶渊明在《饮酒》中写了"采菊东篱下,悠然见南山",并不妨碍杜甫去写"八月秋高风怒号,卷我屋上三重茅"。在作家审美视角、主题立意和创作方法的选择上,最忌整齐划一。

二、农耕文明背景下的自然文学

王文静:自然文学也罢,生态文学也罢,在没有这些概念之前,中国文学并非没有自然主题,中国作家也并不缺少对人与自然关系的审美观照。中国文学的自然书写往往渗透着强烈的人文性，寄情于景、托物言志是自然在人的精神世界中最明显的投射。中国文学源远流长的历史，始终为自然作着诗性的注解。从《关雎》以"关关雎鸠"起兴，到《离骚》以奇花异草自比人格高洁，无论是现实主义叙事还是浪漫主义笔法，中国文学中的自然书写最终往往都指向精神品格或文化意涵。在您看来，在中国文化传统中，对于自然的文学表达，在价值观念和审美习惯上有哪些独特之处？

王力平：人与自然的关系，是一个永恒的文学主题。正像你刚才描述的那样，古典文学中的自然描写可以追溯到久远的过去。西周时期的《诗经》，字里行间早已是斗转星移、草长莺飞。孔子在谈到"诗"的功能时，还专门提到了"多识于鸟兽草木之名"。此后，《楚辞》里的香草美人，《水经注》里的人文地理，尤其是发端于魏晋、大成于盛唐的山水诗，更是把寄情山水的审美趣味发挥得淋漓尽致。在叙事类作品中，《三国演义》里的"借东风"、《水浒传》里的"风雪山神庙"，都是把人物与环境、自然景观与人文景观融为一体，相互衬托，相得益彰。"情景交融"是古典文学自然书写的重要特征。论及这种审美特征，人们都喜欢引用董仲舒"天人合一"的理论，并视为中国传统文化之精粹，视为人与自然和谐关系的至善至美境界。

但是，虽然人们都喜欢谈论这些，所言也都是事实，然而这种在古典诗词歌赋中俯拾皆是的"和谐"，其实并不是人与自然关系的全部内容。在人与自然的关系中，还有冲突、对抗的一面。想想女娲补天、后羿射日、大禹治水、愚公移山、精卫填海，在这些远古神话中，充满着与天斗、与地斗、不屈不挠的气概，同时也揭示了人与自然的紧张关系。但它同样是美的，是另一种形态的美，也是古典文学对人与自然关系审美书写的重要一脉。

王文静：在远古神话中，对人与自然关系中的矛盾冲突、对人的抗争精神有生动的表现。但这一脉络的后续发展似乎受到了压抑，没有得到更多经典创作的支撑和彰显。

王力平：从文学史来看，的确是这样。我想原因是多方面的。比如农耕文明长期稳定延续，社会生产方式、生产力发展水平与自然资源承载力之间保持着相对稳定的"和谐"状态，缓和了人与自然的矛盾。再比如，"天人合一"的观念对思维方式的影响和塑造。大家都喜欢引"天人合一"论证"情景交融"，其实"天人合一"更重要的作用，是推动儒家思想的政治化转型。从"天人合一"到"天人感应"再到"灾异天谴"，自然灾异被看作是对天子失德的惩戒，成为对皇权的制约力量，而人与自然的矛盾在这里被消解了，人对自然的认知、驾驭和改造的努力被遮蔽了。但这是今天自然—生态文学创作研究应当了解的侧面。

我看到一篇关于自然文学的研究论文，论者拿我们谈到的几个远古神话与海明威的小说《老人与海》做比较研究，得出结论：在人与自然的抗争关系中，西方文化注重真实的人的抗争，而中国文化则喜欢先把人"神化"，而后看"神力"与自然力的较量。这个比较研究从选样到结论都是荒谬的，可以不去管它。重要的是，为什么论者看到了人与自然的关系，看到了女娲补天、精卫填海，却看不到人的抗争。我觉得，限制其理论视野的，除了"西方的月亮更圆"，还有传统文化笼罩在人与自然关系上的过分浓郁的祥和氤氲。

王文静：但中国传统文化中人与自然的和谐关系，那种徜徉山水的审美精神是具有世界意义的。从陶渊明、谢灵运到王维、李白、苏轼，淡泊名利、骋怀山水的文学表达，不仅具有极强的文学感染力，还具有文化和历史的穿透力。生于1930年的美国作家、诗人加里·斯奈德，通过翻译中国唐代僧人寒山的诗，感知瀑布、松树、云朵和雾霭等中国自然山水中的文化密码，体悟到中国文学"野情便山水"的境界，穿越遥远的时空得到了全新的理解。我们今天讨论自然文学，可以质疑这种"情景交融"的审美精神吗？

王力平：这就是我开始所说的，关于人与自然的话题，如果聊得深入一点儿，特别是在文学的意义上深入一点儿，其实并不容易的地方。你说得不错，加里·斯奈德迷恋中国文学"野情便山水"的审美境界，这是中国传统文化和审美精神跨越种族和文化时空的回响。但问题的复杂性在于，当我们的文化精神还在"徜徉山水"的时候，西方国家完成了以蒸汽机技术为代表的第一次工业革命；当我们开始质疑这种文化传统是否会阻碍中国社会现代化转型的时候，西方国家完成了以电力技术为代表的第二次工业革命；当我们终于赢得民族独立和人民解放，在"一穷二白"的基础上，开始工业化建设的时候，西方国家迎来了以原子能、电子计算机、生物工程和空间技术为代表的第三次工业革命。20世纪五六十年代，当斯奈德站在三次工业革命堆起的历史高地上，在"垮掉的一代"热情簇拥下，开始用生态文明去解构工业文明的时候，中国的工业化进程刚刚起步。

不是要焚琴煮鹤煞风景。其实我想说的是两句话。一句是，在人与自然的关系中，不仅需要徜徉山水的审美精神，更需要正确认识和运用自然规律的科学理性精神。五四运动中，为了欢迎"德先生""赛先生"，新文化先驱们曾喊出"打倒孔家店"的口号。百年之后，我们已经懂得，不加辨别地全面否定传统文化精神，并不是实现国家现代化和民族复兴的正确道路。同时也应该懂得，满足于、止步于农耕文明涵养出的文化传统和审美精神是没有未来的。另一句是，在人与自然的关系中，没有不变的平衡、永恒的和谐。动态的和谐才是现实的，也是更健康、更具可持续性的。三次工业革命就是打破已有的平衡，重新寻找新的平衡。从农耕文明到工业文明再到生态文明，同样是打破旧的和谐，建立新的和谐。

徜徉山水是美好的境界。但经历过工业文明的否定以及生态文明的否定之否定，重拾徜徉山水境界，才是更好的，所谓"出走半生，归来仍是少年"。先要敢于"出走"，然后才可能"归来"。

王文静：经过四十年的快速发展，我们今天已经迈开了生态文明建设的步伐，开始重拾"归来"后的徜徉山水境界。还有一个问题，为什么您会觉得在文学的意义上，深入讨论人与自然的关系更不容易？

王力平：在我看来，我们的工业化历史进程并没有完成。生态文明建设的自觉意识和实践，其实是一种后发优势的体现，让我们能够早一点儿关注发展方式问题。至于文学意义上的"更不容易"，是因为在政治、经济和社会层面，人与自然的关系，经济社会发展与生态环境保护的关系，发展速度和发展方式的调整与改变，都可以通过法治的办法去协调。而在文学领域，对人与自然关系的审美呈现，更多是感性的，是基于个人经验的直观判断。在这里，人们通常更喜欢听美在"和谐"，说"对抗"也是一种美，就不免讨嫌。

三、工业文明背景下的"生态文学"

王文静：1962年，蕾切尔·卡森出版了《寂静的春天》，引发轰动式的关注和讨论。作品虚构了一个美国小镇，一些人为的原因导致本应鸟鸣蝉噪的大地变得寂静无声，作者质疑了以杀虫剂为代表的化学工业对自然生物和人类的危害，被誉为"世界环境保护运动的里程碑"。20世纪80年代，改革开放给中国带来了巨大的发展活力，工业文明与自然生态之间的矛盾开始显现，《伐木者，醒来！》《北京失去平衡》等作品陆续问世，成为中国生态文学的"第一声"。无论从世界文学还是中国文学的发展来看，生态文学都是产生于工业文明勃兴的背景之下。工业和科技的发展，使人类在认识自然、利用自然的同时，也出现了透支自然、破坏自然的问题。生态文学具有自觉的问题意识，带有鲜明的文化和社会批判的意味。您怎么看生态文学的兴起？或者说，您认为理想的生态文学该是什么样子？

王力平：前面谈到过，生态文学所面对的仍然是人与自然的关系问题，是自然文学在当代社会的表现形式，具有很强的现实性。关于现实性，我理解应当包括这样两层含义。一是真实感。它所记述的环境和生态事件（包括反面的环境破坏，也包括正面的生态保护）应当是真实存在的；或者，在虚构文本的故事情节层面和细节描写上，应当具有现实逻辑的合理性，不能出现专业性和常识性错误。二是历史感。它所记述的环境和生态事件（包括反面的环境破坏，也包括正面的生态保护），或者虚构的故事和人物，应当具有历史的纵深感，是从历史深处走来的，不是就事论事，不是偶然的，不是单纯的个人恶行或善念。前面曾谈到，对生态问题的认识和把握，不能离开人与自然的关系这个大背景。换句话说，就其现实性而言，"生态"的内涵和价值，是由人和自然共同定义的，既反映着人类社会持续发展的历史要求，同时也反映着人对自然的认识程度和驾驭能力。

王文静：中国的生态文学由20世纪80年代的生态报告文

学脱胎而来。尽管作家选择了正面的、积极的文化立场和社会责任担当，但它仍然有可能陷入"非黑即白"的逻辑谬误，或者沦为简单化的道德说教。如何规避这种危险，我认为，一方面对工业污染、生态环境损毁的现实应予以质疑和批判；另一方面，也要警惕盲目排斥工业文明的极端环保主义和生态恐怖主义。人类活动不是只有破坏生态、污染环境的负面作用，人类还是唯一能够有意识地保护自然、维护生态平衡的实践主体。同时，试着去贴近自然本身的伦理，比如写作《沙乡年鉴》的奥尔多·利奥波德，真正在沙漠化农场中植树造林，比如记录长白山九百多个自然物种，写下《山林笔记》的胡冬林，最终把生命献给了那片荒野，他们关于自然的书写，不仅是有态度的生态书写，也是有温度的生态书写。

王力平：你的提醒是有道理的。当下生态文学的写作环境有一个显著特点，就是思想资源十分丰富。从国内来看，粗放型发展带来的环境问题、生态问题，激活了人们的问题意识、危机意识，绿色、协调、可持续的发展理念已经成为全社会的共识；从世界范围来看，环保运动和环保理论相互助力、相互借势，已经成为国际政治舞台上的重要力量。相比之下，写作者自身准备不足成为明显的短板，表现为文学中人对环境生态的专业知识准备不足，环保专业中人对文学叙事技能准备不足。现实情况是，"十分丰富"笼罩着"准备不足"，写作者刚刚接触，甚至尚未接触到素材，已然先被观念包围。面对环境、生态问题，作者的视角、立场是被流行观念预设的，作品立意是"主题先行"的。在这种情况下,作家的独立思考和主体意识变得难能可贵。对这一点,创作和批评都应保持高度的理论自觉。

王文静: 灾难作为生态危机的极端方式,在文学中总是有所吁求。灾难的警示不但让人类在所向披靡和无往不胜的错觉中清醒,也在应对疫情的艰辛中重新体会人在生态系统中不过是普通、平凡的一员,这或许将为生态文学在书写自然的立场和态度上提供新的启示。后疫情时代,将为生态文学的创作和研究打开哪些新的面向和可能?

王力平: 灾难是人与自然关系中的一种对抗形态,是人类生存与发展的要求与自然力量之间的冲突。在科学昌明的社会背景下,我们不会再用"灾异天谴"四个字作为逃避问题的遁词,其实,往往是人与自然关系中的这种冲突和对抗形态,更强烈地激发和坚定了人类认识自然、认识自我的激情和意志。新冠病毒持续暴发,是一场全球性公共卫生灾难。疫难之下,有两个基本事实:一个是瘟疫肆虐下生命的惨痛夭亡,一个是人类面对死亡威胁的顽强抗争。前一个事实是,瘟疫对生命的吞噬,有甚于秋风扫落叶。每一个鲜活生命的逝去都是锥心之痛,都是把美好的东西撕碎的悲剧。后一个事实是,在瘟疫侵害面前守护每一个生命,从死神手中争夺每一个生命,是人的自觉意识和坚定意志,悲壮而崇高,是人性的光辉,是一种"历史的必然要求与这个要求实际上不可能实现之间的悲剧性冲突"。在这两个基本事实面前,任何选择性"失明"都是不道德的。现实世界中的观察思考是如此，文学创作中的叙事策略与审美形态选择也是如此。

同样，环境污染和生态恶化也是人与自然关系中的一种对抗形态，在这些矛盾、冲突和对抗面前，首要的任务是深化对自然的认识，对人类自我的认识。但这样说固然正确却不免空泛。对于自然—生态文学创作来说，首要的任务，其实不是对环境和生态问题纵议阔论、夸夸其谈，而不必顾虑来自相关专业领域的质疑和诘问。核心的问题，或者说，自然—生态文学创作的首要任务，是解决文学性问题。如果自然—生态文学的"文学性"，只是使用"文学的语言"，而这种"文学语言"又只是使用形容词、拟声词，运用夸张、比喻和描写的修辞手法，那是远远不够的。它需要找到"生态"进入文学的路径。或者反过来说，要找到文学介入生态世界的方式和路径。在这个问题上，农耕文明背景下，"自然"进入文学的路径是具有启发性的。在农耕文明背景下，"情景交融"是自然进入文学的方式和路径。在工业文明背景下，环境和生态问题进入文学的方式和路径，是否会藏在矛盾、冲突和对抗的后面呢？掀开这块帷布，看看后面是不是有一个血肉丰满的人。我们拭目以待。

乡土文学的历史启示与现实选择

王文静：力平老师好！今天我们聊聊有关乡土文学的话题。在学术研究领域，很多学者都非常重视问题本身，认为对于问题的觉察和指认是研究成功的关键。作为一个没有乡村生活经验的"80后"，在乡土文学的影响力大幅萎缩的当下——我指的是与文学史上乡土文学繁盛期相比，我提出这个讨论话题，您是否感到意外？

王力平：生活经验是影响理论视野的一个因素，但不是唯一因素。事实上，生活经验从来都不是理论视野的边界。从某种意义上说，一个人的理论视野能否超越个人生活经验的藩篱，是能否进入与展开理性思维的基础和门槛。所以，提出这个问题并不意外，有意思的是，为什么会关注到这个问题？

王文静：其实，在这个话题上停留并形成思考，是一个"滚雪球"的过程。2019年参加中国作协组织的一个理论研讨会，我发言的主题是"乡村题材小说的影视改编"，在准备过程中，我遇到了一些想不通的问题。2021年，影视剧创作涌现出一批以建党百年为题材的"现象级"作品,比如反映青海省西海固脱贫攻坚历程的电视剧《山海情》,就是一部思想性、艺术性和观众口碑都达到较高水平的剧作,这表明无论是时代生活的呼唤,还是电视剧市场的需要,都为艺术地呈现当代乡土世界翻天覆地的变化,预留了重要的位置。然而,在和朋友讨论"文学在影视剧创作中的重要作用"时,我却难以得出一个乐观的、积极的结论,那么当代乡土文学创作面对时代做出了什么反应呢?

王力平:所以,你觉得和繁盛期相比,今天乡土文学的影响力大幅萎缩了。

王文静:文学作为一切艺术形式的母本,在对于时代的敏感性以及反映社会现实的总体性和容量上,它的优势是明显的、压倒性的。新世纪以来,无论是取消延续千年的农业税,还是农村基础结构、农民价值观的变化,或者是国家政策下的新农村建设(精准扶贫、脱贫攻坚等),可以说都是千年未有之变,这样的"新乡土中国",能够在以青年亚文化、流行文化为底色的大众艺术形式上进行呈现,为什么在文学创作上却没有实现应有的突破?这与中国百年乡土文学传统是不相称的。回顾乡土文学在五四新文学运动后的"闪亮登场",如今的乡土文学更显得孱弱而寂寞。

王力平:讨论乡土文学的问题,的确需要"百年视野"。不过,在进入这个问题之前,先说两句题外话。一是,文学在影视剧创作中的重要作用,应当更开放地理解为剧本创作在影视剧生产中的"一剧之本"作用。二是,历史上有过乡土文学的辉煌,并不意味着这种辉煌可以随时随地呼之即来。套用董桥散文中的一句话:"历史并没有答应送你一座玫瑰园。"

现在,我们来讨论乡土文学问题。

乡土文学(也有学者称为乡土小说),顾名思义,就是关于乡村生活、地域风土人情的文学叙事。一般情况下,可以看作是基于题材领域的文学分类。但既然限定在"一般情况下",也就表明这种直观判断其实经不起深入推敲。比如陶渊明的《归园田居》,再比如许多记述家乡人情物事的散文,虽然通篇所写都是乡土,却鲜见有人称其为乡土文学。

你刚才提到乡土文学在五四新文学运动后的"闪亮登场",其实,这也是乡土文学在中国文学史上的"闪亮登场"。在此之前,中国不缺少"乡土",也不缺少"文学",但没有这种具有特定审美属性的乡土文学。

关于五四新文学,我是这样理解的:它是由一群思想先驱发起,以科学、民主为旗帜,以中国社会的现代性转型或曰"救中国"为目标,以实现国民思想启蒙、文化批判、审美教育和政治动员为己任的文学创造。所以,一方面,新文学不是对于大众阅读需求的温顺回应,不是以满足流行趣味为目的的文化消费品;但另一方面,要实现新文学为自己设定的责任和目标,它又必须从天上落到地上,完成"大众化"的历史过程。这是相互矛盾又相互依存的两个方面,构成了中国新文学发展的"二重性"。

乡土文学的创作实践，就是新文学"从天上落到地上"的努力。所谓"从天上落到地上"，就是让新文学、新文化的现代性思想理念，落实到中国社会的现实中。而20世纪二三十年代的中国社会，正如费孝通先生的分析和判断："中国社会是乡土性的。"所以，乡土文学实质上是站在现代性的立场和视角上，对中国乡土社会的审美发现。这其中有题材领域的规定性，也有作家立场和视角的规定性，是双重的规定性。

王文静：从更广阔的视野看，乡土文学并非中国文学所独有。学术界有一种观点，为文学加上"乡土"的限定，是因为世界范围内出现了"非乡土"的工业文明，两种文明之间的对话和冲突为传统农业社会的文学书写提供了新的视野。所以，远一点儿说，世界文学中的乡土小说，是否也存在这种"双重规定性"？

王力平：我们说的双重规定性，首先是对中国乡土文学审美特征的概括。就世界文学中的乡土小说而言，地域特征和乡土风情的题材规定性，或许是一个带有普遍性的指标，但所谓"立场和视角"，则应该有内涵的差异。如果把世界文学中乡土小说的兴起，看作是工业化大生产和世界市场形成与发展的背景下，对地域风物人情和民族生命经验独特性的文化自觉和审美自觉，这或许也体现了一种双重规定性。但应该强调的是，中国乡土文学兴起所仰赖的"现代性立场和视角"，其核心内涵是民族危亡意识，"救中国"是五四时期中国社会的时代精神，乡土文学的创作实践是这种时代精神的文学表达。

王文静：回到中国的乡土文学。我们一般把兴起于五四时期的新文学，绵延至20世纪二三十年代的乡土文学创作视为中国乡土文学发展的第一阶段。在这一时期，围绕乡土文学创作，茅盾反对"只见'自然美'，不见农家苦"，主张写出"对命运的挣扎"；鲁迅以流寓在外的知识分子视角，把乡愁和关于现代性、国民性的思考交给乡土文学来表达；沈从文则以"乡下人"自居，用乡村的温暖和善良，质疑都市的冷漠与空虚。可以说，从理论探索到创作实践，乡土文学作家有共识、也有分歧。您认为成就五四时期乡土文学经典的关键是什么？

王力平：这一阶段的乡土文学创作是开创性的，可以从不同角度认识其艺术特征和审美价值。但今天的讨论，重点不是全面盘点其成就，而是要寻找历史的启示，以回答现实的选择。所以，对这一阶段的乡土文学创作，我们来关注两个问题。

其一，这一时期的乡土文学创作，是把"乡土"作为审视和批判、怀旧和惦念的对象，而作者是站在"乡土"之外，用鲁迅的话说，是"流寓"在外的。他这样描述乡土作家："……在还未开手来写乡土文学之前，他却已被故乡所放逐，生活驱逐他到异地去了，他只好回忆'父亲的花园'，而且是已不存在的花园……"在这里，"父亲的花园"是作家审视、批判、怀旧和惦念的对象，他并没有参与"花园"的浇灌和剪枝，也没有介入"花园""已不存在"的过程。作家与"乡土"之间的这种现实关系折射在作品中，决定了作家笔下的"乡土"——无论是丑的一面，还是美的一面，无论是被审视的，还是被惦念的,都是一种静态的、一种确定的情感样式和文化形态,是"自在"的乡土,我把这个特点概括为作家与乡土审美关系的"外视角"特征。比如鲁迅写阿Q的精神胜利,在开篇的《优胜记略》里,阿Q说:"我们先前——比你阔的多啦!"到结尾的《大团圆》里,阿Q依然想着"孙子才画得很圆的圆圈呢"。这个特点与新文学的启蒙性质相关联,因此它不是一种偶然,而是具有历史必然性的。

其二,中国20世纪二三十年代的乡村是一个客观的现实世界,而中国乡土文学面临的任务是,作家如何确定自己和这个乡土社会的关系?今天回头去看,一部分作家从审视的、批判的立场去看乡村,于是在乡土社会中看到了麻木、愚昧和冷漠,他们笔下的乡土文学因此具有了批判和启蒙的性质,如鲁迅的《阿Q正传》。同时代还有另一批作家,他们从怀旧的、惦念的立场去看乡村,在乡土社会中看到了淳朴、善良和温暖,他们笔下的乡土文学就洋溢着怀旧的温情和田园的浪漫,如沈从文的《边城》。他们面对的是同一个乡土,区别在于,不同的作家与乡土之间建构了差异化的、不同向度的审美关系。我把这个特点概括为作家与乡土审美关系的"全向度"特征。这个特点同样不是偶然的,实际上,它是五四时期多元化思潮相互激荡的必然结果。

一个"外视角",一个"全向度",是这一阶段乡土文学创作最具启发性的地方。关于这一点,我们在后面还会谈到。

王文静:五四新文学运动后直至1930年代,无论是鲁迅、茅盾等作家立足文化、思想、社会等多个层面的深刻批判和理性光芒，还是废名、沈从文等作家在为安宁静谧的乡村抒情时表达出的带有哀婉色彩的抗争意味，乡土文学展示了"教科书"般的魅力。以此观之，乡土文学在题材、美学风格上的边界是相对清晰的，我们很容易辨别它在地域、民俗等方面的特征。然而，乡土文学在立场、视角和主题上的现代性，似乎并不像地域特色那样直观。您怎么看待"现代性"这个问题？

王力平： "现代性"问题是一个复杂的历史概念。这种复杂既表现为历时性的特点，也表现为共时性的特点，必须放置在特定的历史时空中去理解。在"五四"前后到20世纪二三十年代的历史语境中，所谓现代性，在政治方面，可以是共和政体的建立和捍卫，是现代国家意识的觉醒和爱国主义精神的高扬；在经济方面，可以是实业救国的理想和发展民族工商业的实践；在教育方面，可以是建立国民教育制度的努力和推进平民教育运动的热情；在思想文化方面，可以是对"德先生""赛先生"的呼唤，是对无政府主义、个人主义、人道主义、自由主义、社会主义种种思想意识形态的求索、信奉和批判。总之，它不是单一的、纯净的、始终不变的。在这个问题上，必须力戒"独此一家，别无分店"的简单化思维。

过去，我们对持批判立场的作家作品评价比较高，这是有道理的。因为在他们的作品中，更鲜明、强烈地体现了时代精神。对于持怀旧立场的作家作品，则迟至新时期以后，才给予更多的肯定。原因很多，其中一点，就是常用"左翼"的标准，简单化地检视作家作品的现代性立场。而事实上，这一类作家作品并不缺少现代意识。比如沈从文，他与鲁迅有交往中的龃龉，也存在观念上的差异，但他与鲁迅是彼此懂得的。鲁迅去世后，沈从文写了《学鲁迅》一文，把鲁迅视为乡土文学的"领路者"，他说鲁迅的杂文"能直中民族中虚伪、自大、空疏、堕落、依赖、因循种种弱点的要害。强烈憎恨中复一贯有深刻悲悯浸润流注"。同样，鲁迅在与美国记者斯诺谈话时，也把沈从文放在了新文学运动以来"所出现的最好的作家"之列。

沈从文信奉和遵从"文学与人生不可分"的原则，深切感受到"这个国家目前所进行的大悲剧，使年青一代更担负了如何沉重一份重担，还得要文学家从一个更新之观点上给他们以鼓励，以刺激，以启发，将来方能于此残破国土上有勇气来重新努力收拾一切"。但在实现这一目标的路径选择上，他注重"综合过去人类的抒情幻想与梦""综合过去人类求生的经验，以及人类对于人的认识"。这或许就是他在观察乡土世界时，虽然看到农民的苦难，但更愿意感受他们生命中温暖、善良一面的原因。

王文静：如果我们把乡土文学理解为：站在现代性的立场和视角上，对中国乡土社会的审美发现，那么，进入1940年代之后，中国现代文学展现出新的丰富性和复杂性。在这个十年里，前有毛泽东《在延安文艺座谈会上的讲话》发表，后有中国抗日战争胜利和新中国的成立。在"救亡"的政治话语、意识形态影响下，乡土文学如何实现在现代性的立场上关注和描写乡土社会？

王力平：分析五四时期的乡土文学创作，我们认为它是站在现代性的立场和视角上，对中国乡土社会的审美发现。在我看来，后来的乡土文学创作，本质上并没有溢出这个定义域。

王文静：具体来说，李泽厚在《启蒙与救亡的双重变奏》一文中认为，抗日战争、解放战争等残酷的历史形势，使救亡压倒启蒙成为新的时代主题，所谓"救亡压倒启蒙"。这是否意味着，乡土文学后来的发展，会出现"重历史理性、轻人文精神"或者"重视思想性、轻视艺术性"的倾向？

王力平：首先要厘清一个问题。1986年，李泽厚先生发表了《启蒙与救亡的双重变奏》。之后，文章的基本观点被简单概括为"救亡压倒启蒙"。客观地讲，从20世纪80年代思想解放的社会和历史需求来看，文章是有积极意义的，也因此产生了广泛的社会影响。但从中国现代社会历史和思想发展史研究的角度看，就值得商榷了。核心问题是，作者在使用"救亡""启蒙"的概念时，过于随意了，过于主观和狭隘。论文狭隘地在政治斗争和军事斗争的意义上理解"救亡"，同时狭隘地在资产阶级启蒙思想的范畴内理解"启蒙"，这就难以科学地阐释中国现代社会历史和思想史发展的真实情况。如果不是主观、狭隘地理解"救亡"和"启蒙"的概念，一个基本的事实就会浮现出来：在中国现代社会历史中，"启蒙"与"救亡"是相互成就、一体两面的关系。没有"启蒙"，就不可能实现"救亡"；而若没有"救亡"，"启蒙"就成了客厅里的坐而论道。

王文静：这让我想起20世纪30年代以日军侵华为背景抒写故乡沦陷、流亡血泪的东北作家群。在时代性和民族性话语的基础上，萧军的《八月的乡村》、萧红的《生死场》除了关注底层民众的人性，也写出了黑土地上的风景、风俗和风情。在1938年的一次文艺座谈会上，萧红曾说："现在或是过去，作家写作的出发点是对着人类的愚昧！"这大概是她在战争逃亡和贫病交加的际遇中发出的慨叹，也说明了民族救亡并不等于启蒙中止。

王力平：厘清了中国现代社会历史中"启蒙"与"救亡"的关系，就不难理解在争取民族独立和人民解放的历史背景下，乡土文学的现代性立场与视角。具体来说，现代性不仅表现为《新青年》杂志上对"德先生""赛先生"的鼓吹，也表现为《小二黑结婚》里区长对二诸葛的劝说："老汉！你不要糊涂了，强逼着你十九岁的孩子娶上个十二岁的小姑娘，恐怕要生一辈子的气！我不过是劝一劝你，其实只要人家两个人愿意，你愿意不愿意都不相干。回去吧！童养媳没处退算成你的闺女！"当然，这种关于婚姻自主的表述或许有直白之嫌，但小说并不缺少倾向性自然流露的妙笔。赵树理写三仙姑替金旺他爹下神，趁着金旺他爹出去方便的空子，三仙姑跳出仙姑角色对小芹说："快去捞饭！米烂了！"一笔道破三仙姑并非真信鬼神，"下神"都是做戏的实情，是现代性视角下生动的细节刻画。

王文静：赵树理的小说创作是新文学"大众化"的成功实

践。我们知道，赵树理在他的乡土写作中有自觉的"问题意识"，这其实就是现代性立场和视角在"大众化""通俗化"小说创作中的表现形式。同样，乡土文学对鲜明的地方特色和异域风俗、风情的要求，在赵树理的小说中，也落实为"山药蛋派"特有的"土气息""泥滋味"。事实上，从赵树理开始，乡土文学创作进入自身发展的新阶段。这一阶段的乡土文学创作，又会给我们留下什么样的历史启迪呢？

王力平：这的确是一个新的发展时期，也是一个"特殊时期"。它在时间跨度上覆盖了解放区文学和新中国成立后的"十七年"文学，跨越了一般意义上的现、当代历史分期。因为在这个时间段里，围绕土地问题，中国发生并实现了土地改革和合作化运动两场天翻地覆的历史性变革。现实世界的这种巨大变革，是这一时期的乡土文学创作无法回避的时代主题。再加上1942年毛泽东《在延安文艺座谈会上的讲话》的发表，从理论上阐明了文学艺术的工农兵方向，这其实也是新文学大众化努力的现实路径，乡土文学创作再次迎来了高光时刻，郭沫若曾将其概括为"新的天地，新的人物，新的感情，新的作风，新的文化"。

与五四时期的乡土文学相比，这一时期作家与乡土的审美也呈现出新的特点。

首先，作家看待"乡土"的视角发生了由"外"而"内"的变化。在这一阶段的乡土文学创作中，作者不再是站在乡土之外的观察者、评判者，"外视角"被置身乡土之中、介入乡土变革的"内视角"所取代。乡土也不再是被审视、批判或怀旧、惦念的对象,它成为历史发展和变革的主体。随之而来的是,作家笔下的乡土有了活的生命,有了自己的动机、欲望,自己的目的以及基于这种动机、朝向这个目的的行动。乡土从"自在"的文化形态,变成"自为"的历史过程。

这种变化既表现在情节结构中,也表现在人物塑造上。例如《太阳照在桑干河上》,土改工作队从进入暖水屯,到走进暖水屯农民心里是一个生动的过程。暖水屯的土改,也先后经历了群众大会的失败、对李子俊斗争的失败,在"算租子账"迫使江世荣交出地契之后,才最后赢得对钱文贵斗争的胜利。在《暴风骤雨》中,"三斗韩老六"更是小说上卷的主要情节线索。伴随着小说情节的发展,是张裕民、程仁、侯忠全(《太阳照在桑干河上》)和赵玉林、郭全海、老孙头(《暴风骤雨》)等一系列农民形象不断觉悟和成长的过程。当小说的叙述和描写不再是某种单一的生存状态或文化形态的呈现,而是深入到人物欲望和历史动机的内里,追寻着人物朝向自身目标的具体行动时,我们确定这是一种基于"内视角"的文学叙事。

王文静:您是否想说另一个变化是"全向度"的变化?

王力平:是的。和五四时期的乡土文学相比,这一时期的乡土文学创作,差异化的审美视角消失了,代之以同一的、同质化的思维向度。换句话说,作家看待乡土的审美视角是单向度的。在围绕土改和合作化展开的文学叙事中,前者的思维向度是摧毁封建地主土地所有制,后者的审美视角是五亿农民的方向。这里表现出的审美视角和思维向度无疑都是正确的，具有强烈的历史必然性。事实上，正是这种"正确性"和"必然性"，再加上土地改革与合作化运动作为国家意志的政策属性和政治属性，进一步强化和固化了这一时期乡土文学叙事的单向度特征。于是，在土改叙事中，地主都是图谋破坏的敌对势力，而佃户长工，则无论他们与地主之间曾经发生过怎样的经济关系和情感关系，也都将觉悟并站上揭露和控诉东家的舞台。同样，在合作化叙事中，农民都将高高兴兴地把土地交给集体，虽然有人会表现出犹豫不舍和抗拒，但这种犹豫不舍和抗拒总是被视为落后、守旧甚至是反动，其中的必然性与合理性很少被关心。显然，单向度审美视角下的文学叙事，有利于凸显新与旧、先进与落后、革命与反革命的冲突和对立，却无助于表现深邃复杂的现实关系、情感内涵和社会生活的历史具体性。

王文静：对于现代中国而言，五四新文学既是"启蒙的文学"，也是一场"文学的启蒙"。先说"启蒙的文学"。以土改、合作化为主题的乡土文学创作，由于它的文学叙事与政治话语的同构关系，所以逐步显示出图解政治概念、思想和文化批判力减弱的倾向。我们应该怎么理解这一时期乡土文学的启蒙作用？

再说"文学的启蒙"。五四时期的乡土文学，自肇始即有写实和浪漫两种风格。但从1940年代之后，写实与写意的均衡发展被打破了。除了孙犁等个别作家的创作，很长一段时间里，乡土文学在"美的发现"方面是贫瘠的,以至于说起乡土文学,只有"乡"和"土",没有美。这是乡土小说在美学标准上的后退吗?

王力平:你谈到"启蒙的文学"与"文学的启蒙",在我看来,前者是谈文学的启蒙作用和功能,后者是谈这种启蒙作用和功能要通过文学的方式来实现。这里涉及不同的问题,我们分别来谈。

关于"启蒙的文学"。从一方面说,思想启蒙是五四新文学一项重要的社会功能,但不是唯一的功能。除去思想启蒙,五四新文学至少还发挥了文化批判、审美教育和政治动员的社会功能。因此,解放区文学,也包括以婚姻自主、土改为主题的乡土文学以及"十七年"文学中以合作化为主题的乡土叙事,其精神实质是与五四文学传统一脉相承的。只不过随着时代环境的变化,随着主题和读者的变化,不仅作家的审美关注和艺术表达方式会发生变化,新文学的种种社会功能,也会发生主次地位和力度强弱的变化。就像你所说的,政治动员的功能可能被强化,文化批判的功能可能会弱化,等等。

从另一方面说,以土改、合作化为主题的乡土叙事,所面对的是土地所有制变革问题,也是建设现代化国家和现代性社会不可回避的重要课题。摧毁千百年根深蒂固的旧的土地制度,不仅涉及政治制度、经济制度的变革,而且涉及生产、生活方式和情感方式的变革。其重要性和复杂性,都不亚于围绕民主、自由、平等以及妇女解放观念而展开的思想传播与制度建设。

从这个意义上说，赵树理的《小二黑结婚》、周立波的《暴风骤雨》、丁玲的《太阳照在桑干河上》，包括后来柳青的《创业史》、浩然的《艳阳天》等作品，其思想启蒙的价值是不可低估的。

再说"文学的启蒙"。就文学作品而言，无论是哪一种社会功能，都应该以文学的方式去实现。这是没有疑问的。五四新文学肇始，思潮纷呈，社团众多，有主张"文学为人生"的，也有倡导"为艺术而艺术"的。举凡现实主义、浪漫主义、现代主义，都有各领风骚的高光时刻。其中的尺有所短、寸有所长，你中有我、我中有你，可以在文学史研究中深入讨论。可以肯定的是，这些创作主张和实践，都属于"文学的方式"。我们所说的乡土文学创作，在创作主张上，大体可以归入"文学为人生"一派；在审美倾向上，大多表现为"写实"风格。所以，如果说后来的乡土文学创作偏于写实、疏于写意，那么这种"偏于"其实在更早的时候就已经发生了。

不否认解放区文学存在着艺术性不高的问题，这首先是一个"普及与提高"的关系问题，其次也不排除有立场选择的问题。放下或者说丢掉一些20世纪二三十年代知识分子喜闻乐见的文学主题、艺术风格和表现手法，代之以工农兵喜闻乐见的主题、风格和手法，其实是"文艺的工农兵方向"题中应有之义。至于谈到"乡"与"土"与"美"的问题，更多是不同审美形态的差异，倒未必是美学标准的后退。赵树理写山西农村，全然是"山药蛋"的滋味；到了孙犁写白洋淀水乡，便充盈着荷叶莲花的气息。整体来看，解放区文学中的乡土小说，多见白马秋风塞上的雄浑苍凉，少有杏花春雨江南的清新秀丽，这恰恰是乡土文学对地域风情和民俗特征的要求。

王文静：方才谈到土地所有制变革对于乡土文学创作的影响，我注意到，中国农村在1980年代普遍实行了土地家庭联产承包责任制，这是新时期改革开放背景下、农村土地政策的一项重大变革。但这一时期的乡土文学创作，似乎没有再产生像《太阳照在桑干河上》《创业史》那样的作品。您怎么看待与"伤痕文学""反思文学"裹挟在一起的乡土叙事？

王力平：20世纪八九十年代，新时期文学发展的二十年，也是乡土文学发展的第三阶段。就像你说的那样，这一时期的乡土文学给人以"裹挟在一起"的感觉，我称其为乡土叙事中的审美对象"复合化"特征。这里有几个不同层次的原因。

第一，实行家庭联产承包责任制，形式上是分田，实质是把土地的集体所有权与家庭的联产承包经营权分离。它有调动经营者积极性、提高劳动效率的作用。但这种作用是有限度、有边界的。因此，"分田到户"虽然是农村土地政策的重大改革，但却不是农村土地集体所有制性质的根本改变。从这个意义上说，它只是当时形形色色的承包形式之一种，难以像土改、合作化那样成为时代主题。事实上，恩格斯在1894年就曾指出，"个体生产者占有生产资料，在我们的时代已经不再赋予这些生产者以真正的自由"。面对这种历史理性，单纯地透过"联产承包"去观察和理解当代中国的农民、农村和农业，实难产生真正具有审美价值的文学叙事。在新时期乡土文学创作中，一些与农村经济改革发生关联性的优秀作品，比如贾平凹的《鸡窝洼的人家》、何士光的《乡场上》，其审美焦点通常不是落在具体的农村经济体制变革或联产承包上，而是投向了人，人的尊严、个体生命的价值和爱的意义。这就不能不谈到时代精神的影响。

第二，这一时期时代精神的主旋律，是解放思想以及随之而来的对历史与现实的反思。这种时代精神表现在不同的题材领域中，农村题材创作、乡土叙事也不例外。

所谓时代精神的体现，其实就是现代意识对乡土世界的烛照。如果说围绕合作化展开的乡土叙事，曾深入从"互助组"到"初级社"的曲折过程，充分发掘了集体主义的潜能和魅力，那么，新时期乡土小说则更专注于个体生命的意义和价值，专注于人的情感历程和人性内涵的丰富性，从而淡化或忽略了联产承包的过程，把农村改革推到了背景中。比如路遥的《人生》、贾平凹的"商州系列"，再比如一些知青作家笔下的乡土叙事。它们往往半是对乡土世界的发现，半是对个人青春的伤逝；或者也可以说，半是传统文化的批判，半是生命意识的反思。总之，新时期文学中的乡土叙事已经不是，或者说它不甘于仅仅是对"乡土"心无旁骛的凝视。这又不能不说到时代生活本身发生的变化。

第三，虽然80年代的中国仍然是农业大国，但随着现代工业体系的初步建成，中国已不再是当年的"乡土中国"。当"乡土"不再等同于"中国",当"中国社会"不再是一句"乡土性"所能概括的时候,关于乡土的文学叙事也必然出现新的变化。这一时期有分量的乡土叙事,往往不会把笔触局限于乡土,比如《平凡的世界》。在路遥笔下,乡土其实是这个"世界"的一部分,乡村人物的心理和行为动机,往往要在乡土之外,在更广大的世界中才能得到解释。而视野一旦被时代生活打开,即使是面对历史、面对前尘往事的乡土叙事,也会打上时代精神的烙印,作家的视点会超越于乡土之上,安置在更高的地方,比如《白鹿原》。在陈忠实笔下,白鹿原的故事始终被一个更大的故事包裹着,牵动着,它是"塬"上的故事,又不仅仅属于"塬"上。

王文静:从新时期文学开始,当代文学渐渐摆脱了"为政治服务"的焦虑。随着作家从"超量的意识形态"中解脱出来,写作视角也转向人的精神层面和主体性探究。他们用文学的方式实践着他们对现实、对历史进行思考的自由。然而,思想和语言的狂欢一旦开始,似乎又与以往我们熟悉的乡土文学发生了某种隔阂。

比如《白鹿原》,它写的是乡村,刻画的是农民,作品乡土气息浓郁,书写了从清王朝末代皇帝退位到新中国成立近半个世纪的历史,大革命、抗日战争、解放战争、国共两党的关系等历史都发生在白鹿原这片土地上。但说它就是乡土文学,似乎又与我们以往所熟悉的乡土文学有了距离。

王力平:其实换一个角度看,这种"距离"也许就是发展和变化的轨迹。在我看来，新时期乡土叙事的"复合性"特征不是一件坏事，它反映了现实世界普遍联系的特点，反映了现实关系中的农民、农村和农业的历史具体性，是乡土社会自身总体性和内在丰富性的真实呈现。

但真正的问题，其实潜伏在你所说的"思想和语言的狂欢"里。我刚才谈到，时代精神在乡土叙事中的体现，其实就是现代意识对乡土世界的烛照。这个"烛照"往往是一把双刃剑。一方面它是一扇新的窗子，意味着你可以从新的角度和新的高度，去完成对乡土世界的新观察、新发现；另一方面，它也是一个观念视角，意味着由此展开的叙述和描写，不过是这种观念内涵的演绎或图解。其中的差别在于是否有真切的观察和深刻的体验。小说不能缺少思想性，优秀的作家都是思想家。但这不是把小说写成哲学或玄学教义的理由。

王文静：问题就在这里了。在一些乡土叙事中，生活与观念、情感与理性被剥离了。对这些作家而言，乡土的现实性和具体性被淡化、被取消了，已经不再是"此时此地的乡土"，不是鲁迅笔下的未庄和阿Q，不是赵树理笔下的"二诸葛"和"三仙姑"。作家与乡土各自的主体性不见了，作家与乡土之间的相互发现不见了。取而代之的是，乡土成了一个"筐"、一个文体实验场。装进筐里的可以是故事，可以是逸闻，也可以是哲学；实验场上轮番搬演的，可以是零度叙事，可以是荒诞变形，也可以是隐喻或象征。

乡土文学之所以成为中国现当代文学的主潮，是因为它从

"五四"开始直至脱贫攻坚战取得全面胜利的当下,始终关注着人的解放,关注着如何解决人的物质贫困和精神贫瘠的问题。应该看到,进入新世纪以后,中国乡村发生了"当惊世界殊"的巨变,而文学的创造并不能与之相匹配。虽然当代文坛并不缺少以典型人物、劳模事迹为主题的浅表化纪实性言说,甚至从某种程度上说,是报告文学、纪实文学承担了记录乡土变迁的责任,但真正的乡土小说依然缺席。您认为当下乡土文学写作应该从哪些地方寻找突破?快速发展的城镇化进程,正在改变"乡土中国"的面貌,它将如何塑造和改变乡土文学的美学特征呢?

王力平:首先,并不存在先验的突破路径。真正的突破点,只有在突破中才会清晰地显现出来。其次,没有谁能够描画出今天的乡土文学应该是什么样子。更准确地说,文学是作家的精神创造,本质上它拒绝一切设计和规范。当然,从另一方面看,文学又是植根于历史传统和时代生活沃土的精神植被,是作家和读者共同营造的审美疆域,它最终不是某个人偶然的心血来潮、兴之所至。这也是我们能把"历史的启示"和"现实的选择"联系起来的原因。

梳理一下前面关于"历史启示"的讨论,我觉得有三点是值得留意和思考的。

第一,在当代乡土文学创作中,作家应该努力构建置身乡土之中的"内视角"。在当代中国,乡土不是一个静态的、自在的、被审视的对象,作家不能满足于站在乡土之外(无论是上帝的视角，还是游子的视角），去冷静地审视它、愤怒地批判它，或者热烈地赞美它、深情地怀念它。构建置身乡土之中的"内视角"，意味着把乡土（农民、农村、农业）看作是自为的，看作是不断发展和变化着的，看作是具有自觉意志、动机和目的的历史实践活动的主体。他们是乡村变革的主人公，而不是一群消极等待被解救的"贫困户"。

第二，在当代乡土文学创作中，作家应该努力构建"全向度"的审美和思维模式。面对当代社会农业产业化、乡村城镇化的现实，乡土文学创作必须超越要么是黑、要么是白，要么是先进、要么是落后的"二元思维"模式。土地作为生产资料，自然会有资源优化配置的需要；同时，土地又是一个农民的家，是祖先灵魂的安息地，所以自古以来都会安土重迁。农业作为第一产业，自然会有投入产出和效益的考量；但春种秋收又是一个农民的生活方式，是他的谋生技能，是他实现自我价值的过程，所以它无法计价。前者是历史理性，后者是人文情怀。今天的乡土叙事，有责任把它们统一起来，有责任完成"全向度"的观察、体验和描写。"十七年"文学中有一个"中间人物"现象，"中间人物"容易写活，几乎是文坛共识。究其缘由，就是"中间人物"包容了更复杂的动机欲望，因而更真实可信。其实，英雄人物并非没有复杂的动机欲望，也不是从未遇到选择的艰难。他只是做出了在他看来是正确的选择，并默默地承受着选择之后的牺牲。

第三，在当代乡土文学创作中，作家应该努力把乡土（农民、农村、农业）置于具体的现实关系和普遍联系中，呈现一个"复合化"的乡土社会。新时期文学中曾有"寻根文学"一脉，其中也不乏乡土叙事。"寻根"热对于新时期文学思想资源的拓展是有功的。但"寻根文学"有个软肋，就是淡化故事的时空背景，淡化人物的现实关系，始于寻找文化味儿，终于丢掉了现实性。今天的乡土文学不应逃避现实，不应淡化现实关系和普遍联系：这种普遍联系当然包括横向的、空间性的联系，比如乡村与城市、农业与工业、经济与文化、进城与返乡、联产承包与土地流转、环境污染与绿水青山等；同时也包括纵向的、时间性的联系：比如脱贫攻坚，中国农民摆脱贫困是一个历史的过程，而不是没有前史的、孤立的"攻坚"，只有把脱贫攻坚放在自土地革命开始的艰苦卓绝的历史过程中，才能真正理解它，才能更真实、更准确地呈现当代中国脱贫攻坚的历史具体性。

王文静："架空"是网络文学写作中的惯用手法，原来是脱胎于"寻根文学"的淡化时空。

最后一个问题。在今天，乡土文学是否还具备合理性和可能性？具体地说，在经济全球化和文化同质化倾向日益深入、城镇化快速发展的背景下，乡土文学该如何确立自己的现代性，如何获得它的地方色彩和异域情调呢？

王力平：有两个答案，喜欢哪个你自己选。

一个是把现代性看作一个面向未来的历史的概念。相信历史是不断发展、进化和进步的，沿着建设现代化国家、建构现代性社会，不断满足人们物质和文化需求的方向，充溢着"现代性"的思想观念不会缺席。即使自己没有发现，时代也会送到作家面前。至于地方色彩和异域情调，事实上，伴随着经济全球化呼啸而来，人们对文化多样性的自觉意识也在觉醒。所以，相信现实生活中的人们不会按照一个模式活着；也相信上帝，凭借二进制计算机语言，人们不会重建"巴别塔"。这是一个相对乐观的答案，另一个则不同。

另一个，是把现代性看作一个自身充满矛盾的概念。现代性，既包括技术和制度层面的内容，也包括思想意识和价值观的含义；既有世俗化的一面，也有精神性的一面；既是一种社会现实，也是社会批判的思想武器。现代性思想观念的引入也是如此。它是从西方资本主义世界学习、借鉴和引入的，同时，它又是作为自觉抵抗西方资本主义列强殖民压迫的思想武器而引入的。乡土文学创作中的"现代性"视角和立场，同样包含着这种矛盾性，同样需要通过以人的全面发展为目的的历史实践加以整合，达到新的统一。这意味着，所谓现代性视角和立场，是作家在对现实世界的观察和思考中、在具体的文学叙述和描写中不断发现和建构的，没有千篇一律的现代性，也没有一劳永逸的现代性。同样，也没有什么千古不变的地方色彩、异域情调，一切都有待于作家自己的发现。原来为人所熟知的"色彩"和"情调"，其实都是不同地方和异域交流融汇的结果。这个答案，因为不能提供任何确定性，算是一个相对悲观的答案吧。

王文静：您自己更喜欢哪个答案？

王力平：我自己不是作家，所以我可能更喜欢那个相对费力、相对悲观的答案。

文学是一次对话

寻找文学里的"城市"

王文静：力平老师好！"城市文学"是一个近年来被广泛关注的文学概念，随着中国城镇化步伐的加快，更多的城市人口、更新的城市面貌、更丰富的社会关系使关于城市的文学书写和理论研究越来越受到社会各界的关注。《青年文学》杂志即有《城市》栏目，专门刊发关于城市书写的作品，杂志也围绕这个主题举办了很多活动，"城市文学"主题已成这家杂志很重要的办刊特色。我想知道，您对城市文学发展的印象是什么？1983年8月，在北戴河召开了一次"城市文学理论笔会"，应该是新时期文学以来，第一次对城市文学作专题研讨。资料显示，那次笔会给"城市文学"下了一个定义："凡是写城市人、城市生活为主，传出城市风味、城市意识的文学作品，都可以称为城市文学。"您怎么看？

王力平：我也注意到《青年文学》的栏目，很鲜明的主张，城市文学的确有可讨论的必要。首先，北戴河笔会给出的这个定义，等于说凡是关于城市的文学叙事都是城市文学。这个话当然不会有错，但它是同义反复，几乎等于什么都没说。其次，关于城市文学的发展。假如像笔会所定义的那样，凡是关于城市的文学作品都是城市文学。那就意味着，当代文学的半壁江山甚至三分之二都可以归入城市文学，其繁荣兴盛不言而喻。但有研究者认为，我们的城市文学发展并不充分。在我看来，和乡土文学不同，当下的城市文学并不是一个具体的、真实发生的文学思潮，除了同在城市题材领域耕耘，还缺少更具体的内在审美特征的规定性。"城市"和"文学"都是实实在在的，但"城市文学"却是"溯游从之，宛在水中央"，似乎很清晰，却又很渺茫。我的想法是，不妨把"关于城市的文学叙事"理解为广义的城市文学，而狭义的城市文学，则有待于对其内在审美特征的进一步认识。所以，讨论城市文学，不妨先跳出从概念出发的思维惯性，不去钻"什么是城市文学"的牛角尖，不在概念、定义上兜圈子。既然狭义的"城市文学"一时难以定义，不如就先谈广义的"关于城市的文学叙事"。

一、文学作品里的城市

王文静：那就从"城市"与"文学"开始。批评界一度把"城市文学"称为"都市文学"，例如2005年召开的"中国当代都市文学研讨会"，这一方面与会议举办地深圳的自身特点有关——它当然是现代大都市发展的一个样本；而另一方面，"都市"是否比"城市"的现代化程度更高，更能体现物质的丰富和资本的力量？应该如何理解城市的兴起、繁华与城市文学发展、繁荣之间的关系？

王力平：就城市文学而言，称"都市"或者"城市"，没有什么实质性的差别。没有城市之前就有文学，远离城市的地方未必远离了文学。同样，城市的兴起，有政治的、经济的、军事的原因，但没人把文学看作是一座城市开埠的必要条件。这样说并不是要否认城市和文学的关系，事实上，城市的兴起，曾极大地推动了文学的发展，深刻地改变了文学的样态，但这种影响是通过复杂的中间环节实现的。一般来说，人们把要素聚集以及相应的行业细分看作是城市经济的重要特点。因而城市经济的发展，将造就一个逐步壮大起来的市民社会。同时，市民阶层的精神文化和审美需求，以及满足这种需求的文学艺术创作也随之发生和发展起来。但这个历史事实并不意味着可以直接在城市繁华与文学繁荣之间画等号。

王文静：从六朝到唐宋再到明清，无论是扬州、杭州、长安，还是数不清的"京都赋"中的都城，都彰显了悠久的城市书写传统，那么，我们今天谈论的城市文学与这个书写传统的关系是什么？

王力平：在农耕文明背景下，这种城市经济所代表的手工业和商业活动依然是农耕文明的组成部分。虽然与士大夫阶层的田园诗、台阁体相比，那些勾栏瓦舍的俗词艳曲，"引车卖浆者"的"丛残小语"以及那些传奇、话本和变文，已然是一个别开生面的世界，然而这种反映市民阶层生活内容和审美趣味的文学艺术实践，只能看作是城市文学发展的滥觞形态。当代城市文学的审美特质，还要从当代社会实践和审美实践中去发现。

王文静：我们把"城市"与"文学"的复杂联系留到下一节，先来看看文学作品中的城市。您认为在文学的意义上"城市"应该表现为何种形态？

王力平：从直观的角度看，文学作品中的城市就是作家笔下的城市景观。在作品中，它是环境和景物描写，是街道、车站、码头、桥梁、工厂、商铺、学校、寺院、博物馆和交易所，是车水马龙、万家灯火，是"烟柳画桥，风帘翠幕，参差十万人家"。

在文学作品中，环境和景物描写的核心问题，是怎样与情节和人物保持紧密的关联性和契合度。从这个角度看，城市景观具有自然景观和人文景观的复合性。用更学术化的语言来说，城市是人工建造的人类聚居地，是人类能动地认识和改造自然的结果。因此和更单纯的自然景观相比，城市景观与人的生活、与社会意识和时代精神有着更紧密的关联性。雨果在《巴黎圣母院》中谈到构造和形态各异的巴黎建筑时曾自信地写道："……它们分布在各处，熟悉它们的人很容易把它们辨认出来。只要你善于观察，你就能重新发现一个世纪的灵魂和一个帝王的相貌，甚至他敲门的样子。"

王文静：谈到城市文学，您首先提到了对于城市景观的呈现，谈到城市景观具有的自然景观与人文景观的复合性：城市的清晨，往往是一幅在建工地和工人的剪影，或者是急匆匆上学上班的车流；是戴着运动手环的晨跑青年，或者是高速飞驰的地铁上那些日常又复杂的表情。城市的夜晚，月色下鳞次栉比的楼宇，万家灯火的窗口，霓虹闪烁，觥筹交错……城市景观具有自然景观与人文景观的复合性，相比常见的自然景观描写，城市景观有其自身的独特之处吗？

王力平：在文学创作活动中，当作家面对自然景观构建"情""景"相生的审美关系时，单纯的自然景观在季节、地理以及景物特征方面的限制是很少有弹性的。而当作家面对城市景观借景抒情时，城市景观自然与人文的复合性特点，能够赋予作家更大的想象空间。大仲马在《基督山伯爵》中这样描写巴黎夜晚的万家灯火："从那个高处望出去，巴黎是一片黑色的海，上面汹涌着万盏灯光，像那些银光闪烁的浪头一样。但这些浪头实在比那些海洋里骚动不息的波浪更喧闹、更激奋、更多变、更凶猛，也更贪婪。这些浪头从不平静下来，像大洋上的浪涛一样。这些浪头是永远险恶、永远吐着白沫、永不止息的。"这段描写包含了表、里两层比喻关系。在表层比喻关系中，俯瞰之下的城市夜空是本体，"黑色的海"是喻体；巴黎夜晚的"万盏灯光"是本体，"银光闪烁的浪头"是喻体。在里层比喻关系中，巴黎夜晚的"万盏灯光"是喻体，夜色遮掩不住的人性的贪婪、多变与欲望的喧闹、凶猛才是本体。表、里两层比喻的城市景观描写，很好地呈现了城市景观中自然景观与人文景观双剑合璧的魅力。

王文静：景观之外，城市文学还必须写好活动在这个环境里的人和事。如同您刚才所说的，环境和景物描写的核心问题，是处理好与情节和人物的关联性、契合度。

王力平：的确如此。所谓"写城市"，其实核心是写生活在城市里的人，写发生在城市里的事。这样说容易让人觉得重点是人和事，而城市只是一个人物活动的场所、故事发生的地点。但其实不然。先不谈人和事，单说"生活在城市里""发生在城市里"，就不是虚词空话，它们意味着对这个"人"、对那件"事"提出了一系列的规定性。生活在城市里的人，和生活在乡村里的人会有不同，不同的经历、不同的性格，不同的生活内容，不同的情感方式、思维方式、语言方式和行为方式。并且，生活在县城又不同于生活在省城，生活在北京的胡同也不同于生活在上海的石库门。不管是城里人还是乡下人，都会有勇敢、有怯懦、有豪爽、有孤僻，但他们勇敢、怯懦、豪爽和孤僻的表现方式是具体的、独特的、各不相同的。总之，写城里人要像个城里人，说城里的事果然就是在这座城市里才能发生的事。其中存在种种规定性，所谓"城市文学"或者"关于城市的文学"，说的其实就是这些规定性。不过，这些规定性有些是客观的，比如城市有更丰富的教育资源、更完善的基础设施和公共服务；有些则是刻板印象，比如城里人衣帽光鲜、谈吐文雅；有些则是主观的心理感觉和情感体验，比如"人群中这些面孔幽灵一般显现／湿漉漉的黑色枝条上的许多花瓣"。

王文静：在看得见的景观、人物和故事之外，能够体现"城市"的辨识度的又是什么呢？比如人们常说的一个城市的文化精神、气质。

王力平：当然，前面所说的，不管是写城市景观，还是写生活在城市里的人、发生在城市里的事，都是直观的，所谓"形而下者"。更上层楼的是，由此切入城市内在的欲望和企盼、活力和喧嚣、挣扎和反抗中去，写出城市的本质、城市的灵魂、城市的精气神。但这已经是"器"之上的"道"，有些"不可说"的意味了。

二、"城市观"与"城市文学"

王文静：我们从文学史的脉络中讨论城市与文学的关系，从城市景观、城市人物和故事的角度，讨论了城市在文学作品中的存在方式、表现形式。在这些直观形态以外，我们还谈到城市精神和气质，这些都有助于我们打开城市文学的魔盒。但是，所有这一切，都是建立在已经完成的作品基础上的，是对城市文学作品静态特征的分析和描述。而真正认识城市文学，还需要了解影响城市文学创作的因素，了解制约城市文学发展的因素。也就是说，我们将回到"城市"与"文学"的关系问题。我知道，这种影响和制约是综合的、复杂的，绝不是单一因素决定的线性因果关系。我想知道，您怎么看待这些因素，有没有您特别关注的方面和角度？

王力平：如你所说，这种影响和制约因素是综合性的，是复杂的。但仍然是可以分析的。作品是作家创作的，作家的创作思想是在时代和社会生活中形成的。所以，考察影响城市文学创作和发展的因素，有必要跳出文本，跳出文学圈子，看看社会和时代是如何认识和理解城市的。在时代生活中，在人们眼中，城市是一种怎样的存在？或者说，提起城市，人们会想到些什么？我们姑且把这些叫作"城市观"，或者"城市集体意识"。我觉得，一个时代的城市观或城市集体意识，对这个时代的城市文学有着深刻的影响和巨大的塑造作用。反过来说，理解了一个时代的城市观或城市集体意识，就可以更好地理解一个时代的城市文学。

王文静：您在这里提出了一个"城市观"或者叫作"城市集体意识"的概念，可以展开说明一下吗？

王力平：在以农为本、耕读传家的时代，中国城市的底色是政治和军事。大约从唐朝开始，城市发展中的经济和市场的因素才渐渐成长起来。一个不幸的事实是，中国现代意义上的城市发展史，是和民族屈辱史同步开启的。清道光二十二年（1842年），清廷与英国签订《南京条约》，开放广州、福州、厦门、宁波、上海五口通商。次年，上海开埠。再比如天津，早在明永乐二年（1404年）就已经设天津卫，筑城屯军。直到清咸丰十年（1860年）清廷与英法联军签订《北京条约》，开放天津为通商口岸，才开始现代意义上的城市发展史。此后，从洋务运动提出"自强""求富""师夷制夷"，到五四运动主张"外争主权，内除国贼"、倡导"民主""科学"、致力于面向现代化国家和现代性社会的思想启蒙，构成了中国近、现代社会理解"洋务"、理解工业、理解现代性、理解"城市"的底层逻辑和核心理念。特别提示一点，在这个逻辑和理念中包含着一个深刻的矛盾，"师夷制夷"是这种矛盾性的准确表达。换句话说，这一时期的城市观或城市集体意识包含着一种矛盾性。

王文静：我们讨论乡土文学时，您从现代性的视角对其内涵进行过分析。事实上，"五四"以来的乡土小说创作，正是侨寓在城市的知识分子型作家，基于现代性的立场和视角对乡土中国的反省和批判。现在看来，一旦转向自身，面对作为现代性象征的城市，虽然不再有"城市"与"乡土"、"现代"与"传统"的对峙，但现代性内在的矛盾，城市观或城市集体意识自身的矛盾同样无法消弭。

王力平：从根本上说，这个"现代性的立场和视角"是取自西方社会的，是工业化大生产基础上的社会意识形态。以此作为社会批判的立场和文化反思的视角，意味着当时中国的先进分子们承认，较之乡土中国的传统观念和制度，这种以工业文明为基础的现代性立场和视角，是更先进、更科学的。但另一方面，现实中的城市——以冒险家的乐园上海为代表，虽然它们就是工业文明和西方现代性观念与制度在中国的象征，但在有识之士眼中，在中国现代文学视野中，却是一个畸形的病态社会，一个半殖民地政治、经济和文化的怪胎。在茅盾的现实主义创作《子夜》里，在20世纪30年代新感觉派的小说中，都是如此。

王文静：在现代文学史上，文学研究会旗下的茅盾，新感觉派的穆时英、施蛰存、刘呐鸥，包括被归入新鸳鸯蝴蝶派的张爱玲，都曾有以上海为背景的城市文学写作。尽管这座城市被现代性的光环笼罩着，但在这些思想背景各不相同的作家笔下，都不曾把现代性作为这个城市的文化精神和价值去刻画与肯定。或许，这正是城市观的矛盾性所致。新中国成立后，随着社会主义建设成为新的社会现实，城市观或城市集体意识中的矛盾性是否可以消弭呢？

王力平：新中国成立以后，工业化成为城市本质的一种表现形式，包括社会主义工商业改造在内的工业化建设是城市题材创作的主旋律。但城市观的矛盾性并没有消除，只是矛盾的内容和焦点发生了变化。

1950年代，城市题材创作收获了草明的《原动力》《乘风破浪》、周而复的《上海的早晨》、艾芜的《百炼成钢》等成果。1962年，戈壁舟在《新北邙行》中写道："看茫茫绿树大海，排排烟囱森林，座座工厂似战舰成队，成队的战舰呵，开始了万里航程！"作家和诗人敞开怀抱，讴歌和拥抱工业化建设。

但工业化建设并不是这一时期社会对于城市的全部认识和理解。基于"夺取全国胜利，这只是万里长征走完第一步"的认识，中国共产党人是带着"赶考"的自觉意识进城的。在话剧《霓虹灯下的哨兵》中，如何自觉抵制资产阶级"香风"熏染，做到"拒腐蚀、永不沾"，成为英雄连队进城以后保持艰苦奋斗本色的重要课题。在萧也牧的小说《我们夫妇之间》中，面对丈夫的变化，从农村进城的妻子问道："我们是来改造城市的，还是让城市来改造我们？"城市，既是社会主义工业化建设的主阵地，又是抵御资产阶级"糖衣炮弹"和"香风"熏染的最前沿。所以，这一时期城市题材创作不仅集中于工业化建设主题，而且进一步集中在工地上、在车间里和高炉前，和平的城市生活应有的幸福、快乐、自由、时尚和优渥的元素，很少出现在这一时期城市观的价值选择中。

王文静：这是一个有趣的文学史现象。在特定的社会背景下，既要把城市视为工业化建设的主阵地，同时，又要把城市看作抵御"糖衣炮弹"进攻的最前沿。这是两种历史合理性的冲突，而这种冲突又真实地导致了"十七年"文学城市文学创作的简单化倾向，其中的经验和教训是值得认真研究的。接下来的问题是，这种城市观的矛盾性，是否会延续到新时期文学中？

王力平：1979年，《人民文学》第七期发表了蒋子龙的短篇小说《乔厂长上任记》，成为新时期改革文学的奠基之作。在改革文学作品中，从官僚主义到平均主义，从单一的计划经济体制到干与不干一个样的"大锅饭"，都成为批判、反思和改革的对象。有的作品表达了改革的必然性，如蒋子龙的《乔厂长上任记》；有的作品刻画了改革的艰巨性，如张洁的《沉重的翅膀》；有的作品强调了改革的复杂性，如陈冲的《小厂来了个大学生》。作为一种文学思潮，改革文学同样经历了从兴起到式微的过程。但如果拉开一点儿时间距离去看，如果从城市文学的视角去看，改革文学特别是关于城市经济体制改革的文学叙事，开启了城市文学发展的一个新阶段，一个对城市生活，也可以说是对"城市病"展开反思和批判的新阶段。

王文静：可见，一方面漫长的农业社会使乡土文化成为一种稳定的心理结构；另外一方面，改革开放的国家话语和"人"的解放的历史要求赋予城市新的意义，使城市文学开始呈现反思意识和批判精神。是否可以这样说，在新时期城市文学创作中，城市观的矛盾性找到了新的表现形式，就是反思意识和批判精神？

王力平：城市观或城市集体意识的矛盾性，在这里发展为辩证思维的内在特征。当前城市文学的反思意识和批判精神，主要表现为对城市现实关系的真实描写和反思，以及对城市生存状态的心理感受和批判。体现在当代文学创作中，前者是直面现实的，是现实主义谱系中的文学叙事，有时被命名为"新写实"，有时被称作"非虚构"，有时被定义为"底层叙事"或"打工文学"，它们关注企业破产问题、职工下岗问题、农民工进城和留守儿童问题、绿色环保可持续发展等；后者是"向内转"的，是带有现代主义倾向和先锋色彩的文学叙事，更关注都市人生的孤独、荒诞和虚无感，关注"失败者"和"多余人"的生存悖论，比如众声喧哗里的寂寞、物质富足背后的贫困、西西弗斯式的悲剧以及"等待戈多"式的荒诞等。

王文静：基于城市观的矛盾性，在对城市生活的书写中，无论是身体写作还是底层文学，不管是"失败者"还是"多余人"，城市在其中扮演的角色不但复杂，甚至还有点儿"反面"。在王安忆的《悲恸之地》中，一个突然进入城市的乡村男子，他的纯朴最终没能敌过城市的拥挤、嘈杂和迷宫般的街道，很快在巨大的被驱逐感中崩溃了。十几年以后，作家淡豹同样写进城的打工人，在她笔下，快递小哥尽管被困在系统里，但他们已经开始熟知城市的秘密，并尝试掌握与城市的相处之道。看来，从乡村到城市，是地理环境和社会关系的变化过程，也是人的生活方式和情感方式的变化过程。或许我们不必过分夸大城市所扮演的角色，而更应该关注它包含的矛盾性的微调，因为这种矛盾性恰恰意味着一种发展的可能。所以，与其说城市文学发展不够充分，倒不如说这是城市文学的必经之路。

王力平：考察自改革文学以来，坚持从反思与批判的视角，观察、思考和描写现实生活的文学创作，不难发现，当代文学一面对城市经济体制改革与城镇化发展秉持敞开怀抱、热情欢迎的态度，同时又对改革中的矛盾、发展中的问题，始终保持着自觉的反思意识和批判精神。这种体现在城市文学中的、看上去带有矛盾性的城市观，其实反映了我们在社会历史实践和文学艺术创作中的辩证思维特点。我们不会用一句"罪恶"去定义资本、用一句"贪婪"去定义工业化大生产，也不会用一句"荒诞"去打翻整个后工业时代。这也意味着，我们不会简单地用"先进"或者"欲望"去定义"城市"，也不会简单地用"落后"或者"桃花源"去定义乡村。

三、城市文学的现状与未来

王文静：在城镇化发展不均衡的背景下，怎么理解城市文学中的乡土元素和城市元素的混合与渗透？这种"郊区化"的城市空间是城市景观的阶段化表达还是类型化呈现？

王力平：在现实世界里，城镇化是一个历史的过程。并且，一座城市的存在是无须旁证的，城市的差异化不仅是现实的，而且是合理的。在文学世界中，《巴黎圣母院》里的巴黎是城市，《子夜》里的上海是城市，《四世同堂》里的北平也是城市。如果你遇到了一个"郊区化"的城市，那么问题不是这种"郊区化"是暂时的还是永久的，而是作家能否准确而生动地描绘"郊区化"的城市景观、城市人生和城市精神。如果他做到了，呈现在他笔下的是都市还是小城，又有什么区别呢？从某种意义上说，写好"乡土元素和城市元素的混合与渗透"，才算是写好了当代中国的城市化进程，才算是写出了当代中国城市发展的历史具体性。

王文静：当下关于城市的文学书写，涌现出许多题材和风格各不相同的作品，有现实主义谱系中直面现实的书写，也有现代性、先锋性较强的作品，您怎么看待当下的城市文学写作？

王力平：当代文学中，关于城市的文学叙事可谓五彩缤纷，但在五彩缤纷之下，其实存在着相对稳定的底层叙事逻辑，循着这些叙事逻辑，可以大体上作以下区分。一是遵循现实逻辑的城市文学创作。在这个领域，作家通常会通过对社会生活和现实关系的如实描写，以表达自己的独到观察和独立思考。二是遵循世俗文化逻辑的城市文学创作。在这个领域，作家对市民的日常生活、对城市的文化性格和人文气质通常有更多的关注、认知和呈现。三是遵循现代主义观念逻辑的城市文学创作。在这个领域，作家注重对现实世界作自觉的形而上思考，作品通常带有较强的观念色彩和寓言、隐喻意味，以表达后现代城市人生的异化和救赎。四是遵循大众娱乐逻辑的城市文学创作。这类作品通常是类型化写作，故事性强，扁平人物性格鲜明，人物命运和价值取向贴合公众期待。

王文静：当您按照底层叙事逻辑的不同，把城市文学创作划分为四种形态时，是否意味着您认为当下的城市文学创作已经是充分发展的，已经从不同的向度，展开了城市内在的复杂性和丰富性？

王力平：事实上，在关于城市的文学叙事中，呈现出不同的审美向度和底层叙事逻辑，本身就是城市多面性和复杂性的反映。但我想说明一点，这种划分不是绝对的，不是楚河汉界、壁垒森严。相反，不同逻辑的相互融合与渗透，可以使作品变得更加丰满与厚重。比如铁凝的《玫瑰门》，小说是遵循现实逻辑、对于社会生活和现实关系的如实描写，但同时又贯穿着基于生命哲学视角的人性思考。再比如王安忆的《长恨歌》，作品遵循世俗文化的逻辑，展开了一幅上海城市风情和市民日常生活的"浮世绘"，但同时又自觉地折射出历史的浮沉和时代的变迁。事实上，优秀的文学叙事往往不是单一逻辑的线性演绎，而总是深入到现实关系的复杂性之中，让历史走进现实，用理性烛照现实。

王文静：记得在讨论开始的时候，您曾把城市文学分成广义的和狭义的。您认为广义的城市文学是"关于城市的文学叙事"，而狭义的城市文学，除了面对城市题材，还应有更具体的内在审美特征的规定性。您可以描述一下这种内在审美特征的规定性吗？

王力平：其实，我原本是想避开讨论这个问题的。事实上，我所以把"关于城市的文学叙事"理解为广义的城市文学，是觉得除了题材的规定性，中国当代城市文学还应该有创造更多审美价值的可能。

我们举乡土文学的例子。不是所有关于乡土的文学叙事都是乡土文学，作为贯穿现当代文学史的文学思潮，乡土文学是基于现代性立场和视角，对于中国乡土社会的审美发现。这里的两个要件缺一不可，缺了"中国乡土社会"当然不是乡土文学，但缺了"现代性立场和视角"，就只是关于乡土的文学叙事。需要强调两点，首先，在乡土文学中，现代性的思想背景以及借此构建的审美视角，不仅构成乡土文学的主题，事实上，它是中国社会时代主题的审美反映。其次，作为审美对象的中国乡土社会具有唯一性。换句话说，离开中国乡土社会，现代性问题就无法落地。

反观当下关于城市的文学叙事，毋庸置疑，许多作家作品都是成熟的、成功的，特别是那些熔铸着反思意识和批判精神的作品，更是当代文学创作的重要收获。但相比乡土文学中的现代性立场和视角，这种反思意识和批判精神虽为时代生活所必需，但以此为审美视角的文学叙事并不限于城市。换句话说，离开城市，这种反思与批判同样可以落地。

王文静：任何一个时代对于城市的书写，都是以社会变革和历史变迁为背景，以塑造人物形象为途径，最终要体现的则是人与世界的关系。在关于城市的文学叙事中，我们感受到社会的变革和历史的变迁，看到新的人物不断地朝我们走来，在相互的审视中，我们对城市的理解、对世界的理解不断被深化。如果说这是广义的城市文学，那么，狭义的城市文学又是什么样子呢？

王力平：也许还需要耐心等待。想象中，这个狭义的城市文学应该像乡土文学一样，表现为一个自觉的城市文学创作思潮。在这个自觉的文学思潮中，特定的思想背景以及借此构建的审美视角，不仅构成城市文学的主题，同时也是中国社会时代主题的审美反映。并且，在自觉的城市文学创作中，城市作为审美对象具有唯一性。换句话说，那种特定的思想立场和审美视角，在其现实性上，是在城市、在城市发展的历史实践和现实关系中发生和生长起来。

王文静：我知道——这种"不甘"源于乡土文学提供的参照系。我还想知道，除了这个参照系，您对狭义的城市文学的想象是否还有其他的现实性依据？

王力平：我想也许可以关注中国当代社会的城市化进程。基于中国独特的历史文化传统、独特的城乡关系、独特的国家工业化道路以及生态文明建设的自觉意识，中国社会的城市化进程必定是独具特色、独具魅力的。这一历史实践无疑是当代中国的时代主题，也理应成为城市文学的主题。而如何把这个时代主题在审美视角下转化为城市文学主题，则是当代作家的创造性所在。

王文静：最后一个问题。互联网时代，给城市文化无差别地普及城市、乡村的每个角落提供了可能性，一切代表物质和欲望的、一切新兴和流行的城市化符号依托网络实现"大一统"的前景变得触手可及。那么，城市文化的无所不及、无远弗届，对于城市文学创作来说，是好消息，还是坏消息呢？

王力平：首先，互联网的确是一次信息传播的革命，但我仍然觉得不能把互联网普及城市文化的能力想象得过于乐观。退一步讲，即使互联网把城市文化送到了城市、乡村的每个角落，也只是信息的输出，终端能否收到是另一回事，收到了能不能吸收消化、这种吸收消化是不是一种误读误解又是一回事，即使完整地接受并赞同这些信息也不等于他没有自己的需要、主张和诉求，毕竟你说的城市文化或者来自遥远的地方，或者就算发生在身边也是别人的生活，而他自己的生活还要继续。

在我们已知的城乡关系中，城市特别是大城市，它和工业化大生产相联系，社会化程度更高，生产要素更集中，机会更多，效率更高，因此在人们的认知中，城市比乡村更先进。但是，从自然生态到社会管理，从人的价值实现到人的心理健康，大城市问题多多，已经是全球城市建设的共识。所以，现实中的城市化路径选择和城市文学创作中的城市想象，就不能不思考一个问题，"城市"与"先进"之间，可以简单地画等号吗？或者，城市一定是我们已知的样子吗？同样，城市化符号的"大一统"，真的是我们想要的吗？当我们说城市文学创作要有想象力的时候，是在说要敢于用奢侈品把主人公武装到牙齿吗？当代中国的城市文学，应当对当代中国的城市化进程贡献具有审美价值的文学想象。

现象、质地或立场：现实主义的几副面孔

王文静：力平老师好，很高兴与您一起谈谈现实主义的问题。如今谈到文学创作中的现实主义，总感觉是一个"老旧"的概念。自1942年毛泽东《在延安文艺座谈会上的讲话》发表以来，八十多年来它始终是一种引导作家深入生活、贴近时代，总体性地反映中国革命与建设进程和情感历程的文学方法，因而被不断地讨论和重提，所以提起来就会有老生常谈的感觉。

王力平：我也很高兴能一起讨论一些共同感兴趣的问题。你刚才谈到的现实主义"老旧"感，至少涉及与现实主义相关的两个问题。一个是历史久远。现实主义创作方法，如果不谈它的"命名史"，只就其在艺术创作中的"发生"而言，它是与人类的艺术创作同时发生的。亚里士多德所谓"模仿"说，鲁迅所谓"杭育杭育"派，都是现实主义创作方法的艺术表现。所以，有点儿"老旧"感不奇怪。当然，"从来如此"的东西不一定就是好东西，但"从来如此"的东西也不一定就是坏东西。因为"新"与"旧"，是否"从来如此"，"从来"都不

是判断是非对错的标准。

这里需要插入一个说明。如果我们更深刻地理解现实主义创作方法的发生和发展，必须同时注意到"理想主义"也称"浪漫主义"的发生和发展。艺术起源于模仿，但艺术的模仿是经过艺术家选择的，选择意味着关注和期待，也意味着忽略和轻慢。"杭育杭育"固然是劳动的写实，但同时也是对劳动技巧和规律的认知，是把人的意志和愿望运用于对象的结果。所以，"写实"与"理想"，从来都是文学艺术创作的"车之两轮，鸟之双翼"。忘记这一点，总不免落入盲人摸象的窠臼。

第二个问题，实质上是现实主义创作方法与重大题材创作的关系问题。所谓"重大题材"，一般是指社会主义革命和建设事业中的重大历史事件、重要典型人物和重点建设工程。这种题材都有生活原型，在事实和逻辑上具有很强的历史和现实规定性，留给作家、艺术家虚构和想象的空间是有限的。所以，"重大题材"创作大多采用，或者说适于采用现实主义创作方法。

但是，现实主义创作方法与重大题材创作之间，不是一对一的关系。这包括，首先，重大题材创作并非只有"写实"这一把刷子；其次，现实主义创作方法不是只能用在重大题材创作中。后者无须多言。前者可以多说几句。写实是重大题材创作的常用手法，但不是唯一手法。比如歌剧《江姐》，实实在在的重大题材创作。但其中"绣红旗"一节，无疑是历史内涵的理想主义情愫和艺术表现的浪漫主义色彩相得益彰的典范。

事实上，在重大题材创作中，无论是理想主义的历史内涵，还是浪漫主义的艺术表现，都不应该被排斥，相反，却应该是创作者应有的艺术自觉。

此外，现实主义还有一种更直观的用法，是对作品取材范围的直观描述，即只要作品取材于现实生活，就是现实主义。这个时候，"现实主义"的意思等同于"现实题材"。

王文静：刚才您说到现实主义创作方法与重大题材的关系，"重大题材"之所以"重大"的关键是什么？

王力平：其实，"重大题材"的要义并不在"重大"二字，而在于此类题材通常都集中而鲜明地凝聚和体现着时代精神。从某种意义上说，一些人是把"重大题材创作"视为把握和表现时代精神的一条"捷径"。其实，真正有出息的作家、艺术家，总是把目光聚焦于时代精神，而非题材是否重大。比如铁凝的短篇小说《哦，香雪》，她讲述的是太行山深处，一群女孩子走很远的山路去看火车的故事。题材并不重大，却凝聚和体现着鲜明的时代精神。一个普通的山村女孩儿对新事物、新生活的向往，她想要了解外面世界的渴望，恰恰是中国社会改革开放最根本的内生动力，是改革开放的历史必然性所在。这也就是你刚才说的，现实主义创作对生活总体性的审美把握。

王文静：谈到现实主义在"讲什么"，似乎也绕不过"怎么讲"。说到现实主义创作的题材，就不能不说到它的叙事方法。由于现实主义创作的容量的要求，宏大叙事成为普遍方法，这也使它的面孔看上去过于端庄和严肃，好像与当下人们的审美趣味不合。我想知道，您怎么看这个问题？

王力平：把"宏大叙事"与"重大题材"创作联系起来，进而与现实主义创作方法联系起来，是一个稍显复杂的问题。

首先，现实主义创作方法并不等于宏大叙事。作为一种叙事策略，宏大叙事是着眼于事物普遍性的宏观阐释，是对历史发展脉络和事物演变进程的粗线条勾勒。用得其所，自有其艺术价值。但是，和任何一种艺术表现手法一样，运用之妙，存乎一心，要点是"分寸"，是"度"。若失了分寸，以为唯其如此，才能见出题材之重大；唯其如此，才能显示自己认识社会历史规律之深邃，就失之毫厘，差之千里了。即使是重大题材创作，如果满足于宏大叙事，也往往是空话、套话连篇，欲求一丝艺术感染力而不得。从这个意义上说，宏大叙事有时是对叙事艺术的正面肯定，有时则是对失败的叙事文本的反讽。

还有一种情况。当代文学发展中，先后出现了两种思潮。一是受到"直觉主义"理论的影响，当代文学出现了"向内转"，倾心于内心体验、心理意识甚至是病态心理的刻画和描写。另一种是受到"客观叙事"也称"零度叙事"理论的影响，在强调呈现生活原貌和摒弃主观情感介入的过程中，故事和人物变得庸常、琐碎而卑微。事实上，这两种理论和创作思潮，对于丰富当代文学的精神场域、拓展当代作家的想象空间，都不乏积极作用。但当这种思潮和风格渐成风气时，当代文学基于自身发展的要求，也会激发出内生的反拨和质疑。这时，宏大叙事就是对另一种审美关注和艺术风格的呼唤与倡导，它意味着更广阔的现实人生、更恢宏的艺术想象以及更积极的情感介入。

总之，我们很难用一句话断定它是好的或是坏的，对的或是错的。

王文静：我注意到，最近两三年，现实主义小说创作不断涌现出让读者耳目一新的作品。我们终于又有了"一口气"读完的冲动，当然小说也没有辜负读者，比如2018年年底《应物兄》出版时，我读完后还特别激动地买了几套送给朋友。小说对三十年间知识分子的生活现状和精神轨迹书写，并没有让我感觉到现实主义的先入为主。后来我意识到，可能是大量对话体的学术探讨和知识分析转移了我的注意力，这种反叙事的文体打破了现实主义"概念化"和"脸谱化"的面孔。

王力平：我也很喜欢李洱的《应物兄》，也赞成你说的，现实主义不该总是一副概念化的、固定的面孔。但这句话的意思，并不是说现实主义创作不该有自己的规定性，而是说，作品的个性化特征总是建立在作家对生活独特的审美感悟和独立思考的基础上，这种"独特性"和"独立性"，在作品中自然而然地外化为独特的人物形象、独特的结构形式、独特的叙事策略和语言风格。

《应物兄》的结构布局是"散点透视"，作家是从不同视角去观察和表达。但"散"不等于"乱"，视角不同并不意味着没有章法。《应物兄》的"章法"可以概括为虚实相依，阴阳相生，二元对应。应物兄有一个精彩的改名史，可以看作是小说"章法"的一个缩影。

应物兄原名应物,更早的时候他叫应小五。当农民的父亲给他起名"应小五",中学班主任老师给他改名"应物"。在这两个名字构成的对应关系中,不仅显示出"土气"与"文气"的差别,更显示出思维方式的差别。取名应小五,单纯因为在家族兄弟中排行老五,是线性思维的产物。取名"应物"则不同。在汉语语境中,"应物"不是一个孤立的词或两个单纯的汉字,王弼说"应物而无累于物",欧阳修说"无常以应物为功,有常以执道为本",可见,在王弼那里,"应物"关联着"无累于物",在欧阳修那里,"应物"关联着"执道"。所以,它是中国古代思想史上辩证思维的一个重要概念。不仅如此,两次改名,前面一次引经据典,肃穆有加,后面一次漫不经心,近乎玩笑。它们虚实相依,阴阳相生,二元对应,相反相成,就像一枚硬币的两面。

《应物兄》的结构方式是一种"有意味的形式"。这个"意味",在于借助这种结构和叙事方式,小说有效地切入人性深处,切入现实世界中,切入当代社会的现实关系中。在"二元对应"的结构形式和"从反面看问题"的叙事逻辑中,构建起关于对现实世界的"负反馈"机制,揭示出一种倾向掩盖着的另一种倾向。于是,《应物兄》成为一部对现实、对历史、对当代知识分子生活和人性幽微内涵的反思之书。

不过,个性化的现实主义艺术创作,并不排斥现实主义创作方法自身的规定性。比如,在观察和感受世界的过程中,它更强调"观察",更注意"细节",更专注于对象间的现实关系;在形象塑造和情节叙述过程中,它主张遵循客观的现实逻辑,按照生活"本来的样子"去描写;在文学作品的文本世界中,它主张把作家个人的情感、立场和倾向性隐藏在情节和人物的背后;等等。

王文静:您常年关注文学现场,怎么看待现实主义创作在当下的活跃和成熟?

王力平:其实在我看来,当下的现实主义创作并不比以往更活跃。换句话说,就真实的文学现场来说,现实主义创作其实从未离场。有时候观感上会有"热闹"或者"寂寞"的不同,但其实文学创作都是寂寞的。时而会有的"热闹",不过是独立思考和寂寞笔耕这两块石头击打出的火花。

当然,如果我们把文学现场理解为文学思潮,同时又以不同的"主义"来命名这些"思潮",那么,"思潮"的此起彼伏,就表现为"现场"的热闹寂寞,同时也意味着"主义"的兴衰更迭。不过在我看来,这其实是一种西方文化视角下的思维模式。在西方文化视角下,文学发展史更像是不同文学思潮的兴衰史、不同创作方法的演变史、不同"主义"的更迭史。古典主义、浪漫主义、自然主义、批判现实主义、魔幻现实主义、现代主义、后现代主义……

在中国人文传统中,文学的发展不是"主义"的替代更迭,而是文学体裁样式的创新与发展、式微与中兴。所以,谈到中国文学史,在诗歌传统中,我们会想到《诗经》、《楚辞》、汉赋、乐府、四言、五言、七言、唐诗、宋词、元曲；在散文传统中，我们会想到诸子散文、史传、笔记、"唐宋八大家"、明清小说；在戏剧传统中，我们会想到金元杂剧、南戏、明清传奇；等等。

在西方文化视角下观察文学发展，你会发现除了文学与现实的关系这个要素外，不断更新的哲学、社会学乃至心理学理论是文学发展的催化剂。而在中国人文传统视野中，推动和促进文学发展的，除了文学与现实的关系外，最为人所关心关注的，是形式与内容的关系。这显示了中西方文化传统中思维方式的差异，但也许这不是我们今天要关心的问题。我们的问题是，无论你怎样理解和阐释文学的发生和发展，"文学与现实的关系"始终是无法回避的。

王文静：这就是您所说的"现实主义从未离场"？

王力平：从"文学与现实的关系"这个角度看，可以这么说。但这里所说的现实主义，其实是一个艺术哲学的概念，是对文学与现实关系的唯物主义回答，是反映论的通俗表达。

王文静：您的意思是，还有其他不同范畴中的现实主义？

王力平：不错。我们常常谈论现实主义，但我们所谈论的可能不是同一件事。现实主义的概念，至少在三个不同范畴、不同领域中被使用，应该谨慎地加以区分。

王文静：我似乎只熟悉在两个范畴中的应用，首先当然是艺术哲学的概念，我理解，这个时候，现实主义的意思其实就是反映论。坚持现实主义，就是坚持反映论。其次应该是一个文学史的概念，这个时候，现实主义是指发生在19世纪欧洲文学史上的一个文学思潮或文学流派，它的代表性作家包括狄更斯、司汤达、福楼拜、巴尔扎克、莫泊桑、托尔斯泰、果戈理、契诃夫、陀思妥耶夫斯基等。第三呢？

王力平：第三是一个创作论的概念。在创作论的范畴内，现实主义是一种艺术思维和形象塑造的方法。我们刚才谈到的，在观察和感受世界的过程中，强调"观察"、注重"细节"、专注于对象间的现实关系；在形象塑造和情节叙述过程中，主张遵循客观的现实逻辑，按照生活"本来的样子"去描写；在作品文本中，坚持把作家的情感、立场和倾向性隐藏在情节和人物的背后，等等，是这种艺术思维和形象塑造方法的基本原则。

王文静：也就是说，小说家其实并不负责，也无法提供新的现实，他们所感知到的新的情感或者新的知识，其实都潜伏在浩瀚的生活中。如果把现实生活（包含历史在内）看作定量的话，小说家的价值在于掌握着一个变量，这个变量就是通过小说的方式，为这个"唯一"的现实生活带来新鲜感。

王力平：小说家当然不能提供新的现实，他们只是敏锐地"感受"和"发现"现实中的新质。所以，从根本上说，现实生活的发展和变化，是文学艺术创新的基础。当然，其中也包含了另一种间接形态，或者叫作基于主观能动性的创新形态。它表现为作家从新的视角、新的立场，去观察和感受存在已久、习焉不察的现实，从而获得了全新的体验和认知，进而推动了文学艺术的创新。所以说它是"间接形态"，是因为所谓作家新的立场和新的视角，同样是源自现实生活的。用理论语言表述，就是作家审美心理定式的更新和建构，只能在社会实践和审美实践中才能完成。

王文静： 近两年现实主义小说创作交出的成绩单是可喜的，这也反射在其他的艺术门类上。比如改编为同名话剧和电视剧的长篇小说《繁花》，改编为同名电视剧的长篇小说《装台》，还有根据网络小说《大江东去》改编的电视剧《大江大河》，等等。这些作品不仅在文学创作层面表现出色，还跨越艺术门类"破圈"成功，深受读者和观众喜爱，成为艺术水平和市场反馈双赢的赢家。这种"赢"，"现实主义"成分在其中占多大权重？

王力平： 这个问题比较复杂。小说、话剧、电视剧以及网络小说，它们各有各的规定性，各有各的艺术目标。有些是共同追求的，有些努力是差异化的。一部优秀的小说改编成电视剧，就要按电视剧的评价标准，综合评判它是否优秀。所以，改编的成功，不在于"现实主义"成分的权重大小，而在于能否研究和尊重不同门类的艺术形式各自的艺术规律。就一般规律和常见案例来看，一部长篇小说成功地改编成电视剧，恰恰需要在生活的复杂性、在"生活本来的样子"上做减法，在戏剧性、在强化矛盾冲突主线上做加法。

王文静： 卢卡奇认为，只有通过现实主义小说，才能达到对于社会的总体性认知。但是伴随整个社会的信息化、全球化，文学的阅读、传播和接受都体现为碎片化趋势，比如网络小说的创作取得了很大成就。那么，为什么以呈现"总体性"见长的现实主义题材小说能够逆风翻盘，在这几年形成一种回潮趋势？

王力平：第一，"对社会的总体性认知"属于"内容"，"碎片化"是信息化背景下阅读和传播"形式"的特征之一。在这个意义上，对"总体性"的认知，并不排斥"碎片化"的阅读与传播。甚至，适当的通俗化和简单化，是一种理论实现大众传播的必要前提。

第二，网络小说的超长文本，与当下的"碎片化"阅读传播之间并无内在的矛盾。因为网络小说的超长文本，是伴随作者的"日更"，以"碎片化"的方式连续阅读的。可以说，"日更"式写作和"碎片化"阅读，是网络文学超长文本的存在方式和前提，二者之间具有内在的统一性。

第三，这一切都不重要。或者说，都不是卢卡奇所关心的问题所在。卢卡奇强调"总体性"，是为了反对表现主义、直觉主义和超现实主义用生活现象表面的"四分五裂"，去否定它们之间存在的普遍联系，用拼凑"现实碎块"的办法，代替对现实生活的总体性把握。我们前面谈到，现实主义创作方法主张对"细节"和"关系"给予双重关注，因而卢卡奇相信，在真正的现实主义艺术中，把握生活的"总体性"与描写生活的"复杂性"能够统一起来。如果对这个问题有兴趣，可以再读一读卢卡奇的《现实主义辩》。

王文静：其实，在影视剧创作的领域，这种回潮更加猛烈。2021年年初热播的《觉醒年代》《山海情》等被观众和网友称为"零差评"的电视剧爆火荧屏，网友在弹幕和评论中不断点赞。

这些看网文、刷视频的青年网民几乎是异口同声地，把反映建党百年和脱贫攻坚的现实题材作品称为"永远的神"，形成新时代的一次"现实主义冲击波"。在1990年代文学创作的那次急剧转向中，"冲击波"带来的冲击主要体现在哪里？或者说，这次"现实主义冲击波"为什么能够形成冲击？再进一步讲，是谁发起了"冲击"，又"冲击"了什么？

王力平：古希腊哲学家赫拉克利特说过，"人不能两次踏进同一条河流"。如果你愿意把当下的这种"热潮"表述为一次"现实主义冲击波"的话，在我看来，它与发生在20世纪90年代的现实主义冲击波是有差异的。

发生在90年代的现实主义冲击波，在本质上是文学内部对形式主义文学理念和思潮的诘问与反拨，发生在新时代的现实主义冲击波，是对文艺创作沉溺于庸常琐碎情态、杯水风波和无病呻吟以及拜金主义和精致利己主义的厌倦与反抗。就像我们前面谈到的，是以宏大叙事反抗杯水风波。如果说，90年代的现实主义冲击波，应当注意自觉扬弃形式主义艺术探索的遗产，那么，新时代的现实主义冲击波，则需要自觉地把宏大叙事建立在对生活复杂性的深入开掘、对人性内涵的真切体察以及生动的细节刻画的基础上。在泥沙俱下、鱼龙混杂的"冲击波"中，这其实是一个门槛，能越过这个门槛，则为龙、为金沙。否则不足为训。

王文静：但是，我们如果走到文学的外部来看，在市场经济不断深入发展、社会遭遇转型期的1990年代（中期），无论是"现实主义冲击波",还是河北文坛"三驾马车"(何申、谈歌、关仁山),它们也都是文学生产机制转型反映在媒介(文学刊物)上的症候,特别是在文学式微、文学刊物难以为继的90年代中期,"冲击波"的命名本身多少也有文学市场策划的意义在其中吧。

王力平:这是一个有趣的角度。河北文坛"三驾马车"的命名,确有文学媒体介入其中。不过,在90年代现实主义冲击波发生的时候,人们一般理解为,当文学无视读者、远离现实的时候,读者也会以"无视"和"远离"回报这种文学。虽然注意到这种"无视"和"远离",会具体表现为文学杂志订户的急剧下降,但似乎不会自觉地从媒介的角度、从文化生产供需关系的立场,去分析形式主义探索和现实主义冲击波在其中发挥的影响作用。

在纸媒式微,文学写作的网络阅读、影视剧、动漫、游戏改编及周边产品生产兴起、资本深度介入文化生产和消费过程的今天,包括投资成本、盈利模式、市场规模、目标用户等供需关系的研究是不可或缺的。我相信在这中间,"资本的力量"、市场"看不见的手",对于引导创作态势、塑造审美风尚,具有巨大的能量。不过,资本的逐利性决定了"资本的力量"并非文学艺术健康发展的充分条件。文学批评应当对此保持高度的理论警觉。

王文静:1996年,河北"三驾马车"跃上当代文坛,让河北文学迎来了当代文学史上又一次高光时刻。那么,在河北能够出现现实主义冲击波，是否也是燕赵大地现实主义艺术传统源远流长、不断"冲积"的结果？

王力平：不错，聚光灯下的"冲击波"，具有历史"冲积"的深远背景。

燕赵文化"崇实尚用"的人文传统。在争取民族独立和人民解放的战争时期，以田间、丁玲、孙犁、郭小川为代表的晋察冀革命文艺强烈的历史使命感和社会责任感，20世纪五六十年代，以梁斌、徐光耀、李英儒、刘流、冯志为代表的革命历史题材创作留下的红色经典，以贾大山、铁凝、陈冲为代表的新时期文学对现实主义文学传统的发扬光大，共同构成了90年代河北"三驾马车"现实主义创作的丰厚沃土。

不过，关于文学传统对文学现实的影响研究，如果只是停留在这个层次，其实是没有什么价值的。在这个问题上，不仅要看到"传统"如何为"现实"的发展开辟了道路，也要看到"传统"如何规定和限制了"现实"的发展，还应该看到"现实"的发展是否以及如何扬弃了"传统"，成为一种"创造"，最终，这种"现实创造"是凭借怎样的新质续写了"传统"，并成为"传统"的一部分。

90年代，针对有学者指责河北"三驾马车"的创作缺少"人文关怀"和"历史理性"，我曾撰文替"新写实主义"辩护。驳论文章，自然不会刀切豆腐两面光。在文章中，我讨论了"指责"的不能成立，却没有分出篇幅，去讨论"三驾马车"的创作是否也有其可指责处。多年以后，我在一次关仁山创作研讨会上，谈到了"三驾马车"创作在"小说形式自觉"方面的缺憾，特别是在同时代作家完成了现代小说艺术的"形式自觉"，拓展了读者审美视野的背景下，延续传统的表现手法和单一的叙事策略，就显得稍逊一筹了。这个发言后来以"现实主义创作并非一副笔墨"为题，发表在《河北日报》，算是补上了历史欠账。

王文静：现实主义创作是河北文学的重要特征和深厚传统。您刚才说，"传统"对"现实"的影响研究，应该回答"现实"的发展是否以及如何扬弃了"传统"，成为一种"创造"，最终，这种"现实创造"是凭借怎样的新质续写了"传统"，并成为"传统"的一部分。所以，我特别感兴趣的是，从90年代的现实主义冲击波之后，深厚的现实主义传统在新世纪、新时代的河北文学发展中呈现出怎样的样貌？

王力平：回答这个问题，索性把我在《现实主义创作并非一副笔墨》一文中的观点做一个完整阐释。

在我看来，在河北当代文学发展中，先后出现了三次现实主义创作高潮。第一次是在20世纪五六十年代，表现为革命历史题材长篇小说创作高潮的兴起。其实，这是一次全国性的革命历史题材长篇小说创作高潮，河北文学在其中有突出的表现，涌现出以孙犁、梁斌、徐光耀为代表的，后来被称作红色经典的一批优秀长篇小说作品。和晋察冀革命文艺的"轻骑兵""急就章"相比，他们的作品以主题的深刻性和艺术的完整性，续写了现实主义创作传统。

第二次高潮出现在20世纪80年代，新时期文学的第一个十年，以贾大山、铁凝、陈冲的创作为代表。准确地说，这次现实主义创作高潮同样是全国性的，河北文学在这个大潮中起步稍慢，但没有落在后面。和他们的先辈作家与创作相比，在全面恢复和光大现实主义传统的基础上，以深刻的反思意识、忧患意识和批判精神，续写了现实主义创作传统。

第三次高潮始于"三驾马车"，完成于"河北四侠"（胡学文、刘建东、李浩、张楚）。20世纪80年代末，改革步入深水区。面对各种社会矛盾集中爆发、不同利益诉求尖锐化的现实矛盾，当代文学陷入了沉溺语言和叙事技巧，淡化、远离和逃避现实的形式主义迷思。对这种形式主义迷思，当代文学内部很快出现了反拨和修正的努力，这就是现实主义冲击波。"三驾马车"是这种努力中的河北方面军。

但问题的复杂性在于，从某种意义上说，这种沉溺语言和叙事技巧的形式主义迷思，是以一种错误的方式，提出了当代文学发展的一个合理要求，即现代小说艺术的"形式自觉"。前面谈到过，"三驾马车"的创作在这方面是稍逊一筹的。就整体而言，河北文学特别是小说创作的"形式自觉"，是随着"河北四侠"赢得全国性声誉而告完成，并以此续写了现实主义创作传统。

王文静：所以，这也是现实主义的一副面孔？

王力平：考察河北小说现实主义创作的三次高潮可以发现，在第一次高潮中，作品充溢着浓郁的理想主义浪漫情味；在第二次高潮中，作品呈现出强烈的反思意识、忧患意识和批判精神；在第三次高潮中，又增添了鲜明的现代主义先锋色彩。这是因为当第一次高潮形成时，理想主义、英雄主义是时代精神的主旋律，是社会现实的一部分；当第二次高潮形成时，拨乱反正、改革开放以及与之相伴随的反思意识和批判精神是时代生活的主旋律；当第三次创作高潮形成时，高速发展的现代化进程、社会经济形式、利益主体和价值选择的多元化变革，都不可避免地在思想意识形态和审美活动中打下了自己的烙印。反映在小说创作中，所谓先锋性，不过是现实性的一种表达形式。现实生活是生动的、丰富多彩的，现实主义创作也不会是一副面孔、一种模式。

王文静：这正是现实主义的魅力所在。在文学世界中，中国当代历史是在现实主义创作中被记录、描写和讲述的。从历史预言到现实经验，社会主义不再是理念上的乌托邦。当代中国改革和发展的理论已经在脱贫攻坚、全面建成小康社会的历史进程中，化为具体的社会实践，而这些实践已经成为我们无法绕开的现实，无法忘却的生命经验。比如快递、外卖、共享单车，脱贫的喜悦、房贷的压力、医美的刚需、"青椒"的焦虑……所以，现实主义创作理应为人们呈现更广阔的现实图景、更丰富的情感世界和更深邃的人性内涵。

王力平：我们一起期待更多的好作品问世。

> 文学是一次对话

叙事的冲动与焦虑

王文静：我们今天的话题是"文学叙事"。对文学创作而言，叙事是一个毫无悬念的重要问题：它既是旨归，又是手段，叙事理念和方法的不同会直接影响作品的样貌，因此文学叙事始终被很多研究者关注。但是今天重提文学的叙事问题，还是因为受到了一些来自文学"外部"的刺激。2022年，有一部讲述三国时期谍战风云的电视剧《风起陇西》，为了讲一个好看的故事，把虚构的谍战与真实的历史嵌套在了一起。效果怎么样放在一边，这种让人眼前一亮的构思至少体现了剧作强烈的叙事意识。而在网络文学迅猛发展的当下，读者早已经解锁了自己被动阅读的身份，从幕后走到前台，通过评论、吐槽等方式直接介入网络作家的叙事。我想说的是，在叙事的意义功能不断被文艺创作刷新的前提下，文学创作在叙事探索和创新方面却显得有些寂寥，有些面目模糊，这似乎增加了讨论文学叙事问题的紧迫性。

王力平：问题的重要性、紧迫性是一回事，问题的话题性是另一回事。文学叙事问题是一个倚重理论分析的领域，特别是涉及结构主义叙事学理论的部分，奇辞奥旨，晦涩难懂。总之，"叙事"问题不是一个足够有趣的话题，相反，很容易把天儿聊死。

王文静：有了"把天儿聊死"的思想准备，也许就能找到逃出生天的办法。其实，"叙事"是一个使用频率很高的词，如乡土叙事、双线叙事、抒情化叙事、类型化叙事等，从内容到形式，从立意到风格，都可以归结为"叙事"，好像一切皆可"叙事"。

王力平：的确如此。但这种"的确如此"告诉我们，这里的"叙事"是广义的，其内涵稀薄，意思和"创作""写作"没什么区别，其实也就是取消了这个问题。

王文静：所以我们现在要谈的，是狭义的"文学叙事"。进一步说，就是在新的时代背景和文学语境下，讨论文学作品的形式技巧问题。

一、叙事革命的真面目

王力平：如果一定要谈"文学叙事"的问题，我觉得应该这样理解"叙事"。在当代文学创作中，对叙事的要求已经超越了一般意义上"语言更生动、情节更曲折、人物更丰满"的层次。往低处说，它是文学创作显然已经抬高的"门槛"；往高处说，相对于思想和情感内容的独特性，好作品还应该具有属于它自己的人物、结构和语言形式的唯一性，而文学叙事就是发现和构建这种"唯一性"的过程。

王文静：我理解，这是一个作者把"事"呈现得更精彩，并在呈现过程中展示其独特的"叙"能力、"叙"风格的过程。叙事的逻辑和理念受制于作家对世界的理解方式和价值评判，反映的是作家的个体性、独特性。但是，文学叙事毕竟是一种思想感情的传达，如何进行叙事也受时代的影响。时代的经济发展、技术创新、文化样态等也会影响作家们对叙事的理解和选择，我刚才提到的《风起陇西》也有这个问题。所以，作品的当代性也不仅是营造当代生活场景，塑造当代英雄，讲述身边的故事，其表达形式——也就是文学叙事的形式和方法也是有时代性的。

王力平：是的。用句老话说，归根结底，形式也是社会生活的反映。

王文静：叙事像一种"话术"，看上去是技术，但在其深层发挥作用的却有很多要素。同样一个意思，不同的人说出来就有不同的语气、语调，听者也会有不同的感受，当然就有不同的效果。反映在文学上，同样的题材、同样的主题，在叙事的"话术"作用下，也会呈现出多姿多彩的文学样貌。既然有"术"的成分，就不能不谈叙事学理论。

1980年代，叙事学理论译介到中国，开始影响新时期文学的发展，并形成了先锋文学创作的热潮。这场叙事革命以狂欢的姿态席卷而来，多变的时空跳跃、人物功能的变化、语言能量的爆发，按下了当代小说叙事探索的快进键。这些都是叙事学理论施加的魔法吗？

王力平：哪有什么魔法？其实，对文学叙事的研究古已有之。比如亚里士多德说过，文学要"描述可能发生的事，即按照可然律或必然律可能发生的事"；再比如元人陶宗仪提出的"六字法"，"凤头猪肚豹尾"，都是关于文学叙事的至理名言。而茨维坦·托多洛夫所说的"叙事学"，是在一种广义的结构主义（从索绪尔到俄国形式主义再到法国结构主义）理论背景下形成的。相比传统的文学叙事研究，结构主义叙事理论更注重"结构"和"功能"。基于索绪尔语言学对"语言"和"言语"关联性的分析，他们相信，在具体的"言语"活动背后，有一个作为集体契约和规则的"语言"系统发挥着结构支撑作用。所以，结构主义叙事理论更关心"言语"背后的"语言"，更关心叙事作品背后的"共同的模式"。

罗兰·巴特认为，"要么，叙事作品仅仅是一堆事件的唠叨。……要么，该叙事作品与其他叙事作品共同具有一个可资分析的结构，不管陈述这种结构需要多大的耐心"。他们的确为此付出了极大的耐心。普罗普把人物在故事中的"功能"看作是故事的基本单位，他从众多俄国民间故事中提炼出人物的三十一种功能。格雷马斯深化了普罗普的研究，把人物更精炼地归结为六种功能，并呈现为相辅相成的三组关联性，包括主体／客体、施惠者／受惠者、辅助／反对。相比普罗普的三十一种功能，格雷马斯的人物功能模式更注重功能之间的结构关系，而不是单个功能的罗列。罗兰·巴特在前人研究的基础上，进一步把叙事作品理解为具有"功能"、"行动"和"叙述"三个内在层次的话语结构。总之，结构主义叙事理论对叙事作品背后的"共同的模式"用情很深。但在20世纪80年代，当叙事学理论来到中国的时候，当代文学对发现和陈述这种"共同的模式"，并没有太大的兴趣。

王文静：那我们应该如理解叙事学理论对新时期文学特别是对先锋文学的影响呢？

王力平：影响当然是有的，但并不是一个叙事学理论系统学习培训的过程，也没有那种"点石成金"的戏剧性效果。

第一，80年代的中国文坛，思想激荡，新潮叠涌。结构主义叙事学理论只是文艺新思潮的一种，和它联袂而来的，还有非理性主义、直觉主义、存在主义、形式主义、系统论、新批评、弗洛伊德心理分析，林林总总，不一而足。叙事学理论的译介传播和标志叙事革命的先锋文学兴起，都是事实，但这两个事实之间并不是一个原因对应一个结果的线性因果关系。

第二，结构主义叙事学研究带有鲜明的结构主义语言学、符号学和俄国形式主义理论色彩，这些理论彼此既有重叠的部分，又有各自关注的方向和领域。当它们共同作用于新时期文学时，好处是同声相应，互壮声势，坏处是不同理论各自的局限性也同时成为叙事理论难以推卸的负担。

第三，叙事学发展的黄金时期是在20世纪六七十年代，到80年代西风东渐影响中国文学时，在它的故乡，其实已经受到后结构主义（解构主义）和新历史主义的诘难而日趋式微。

于是，在新时期文学现场，结构主义叙事理论未及充分消化，解构主义、新历史主义又接踵而来，形成了理论建构与解构并举的尴尬局面。昨天鼓吹结构主义言犹在耳，今天又为新历史主义高声欢呼者不乏其人。其实，罗兰·巴特从结构主义大师华丽转身成为解构主义骁将，就可以看作是叙事学理论内在危机的象征。

王文静：也就是说表面上中国当代文学看似跟上了叙事学发展的节拍，但实际上是慢了一拍。所以，我们今天再谈叙事的时候，首先应当对结构主义叙事学理论祛魅。新时期先锋文学或者说叙事革命的兴起，不能单纯、孤立地用结构主义叙事理论的影响来分析和证明。记得马克思说过，理论在一个国家实现的程度，总是取决于理论满足这个国家的需要的程度。因而先锋文学的兴起，还要从新时期文学发展的客观要求的角度去分析。

王力平：一种思想理论被大众接受，有其必需的客观基础和条件。叙事学理论对中国当代文学产生了什么影响，还要看新时期文学创作实践提出了怎样的发展要求。如果把这些因素综合起来，把叙事学理论的译介传播作为时间坐标，对比此前此后文学叙事发生的变化，也许可以约略看出叙事学理论对中国当代文学的影响。

首先，对"真实"的崇拜或迷信被打破了。在传统的文学观念中，虽然小说的虚构性质人所共知，虽然也承认艺术的真实不等于生活的真实，但在理论上，不仅有"本质真实"的评判，还有"细节真实"的要求。作家也会自觉不自觉地强调自己的作品是真实的，人物是有生活原型的，情节不是杜撰和编造的。随着俄国形式主义诗学和结构主义叙事学理论的传播，受到索绪尔在语言学研究中区分能指和所指的启发，叙事理论也力图把"叙"和"事"区分开，以突显"叙"独立于"事"的价值。显然，摆脱了"真实"羁绊的"虚构"，更能集中体现"叙"的价值。于是，"虚构"被照亮了，人物被符号化了。作家不再忌讳说自己的故事是虚构的，甚至有的作家会在作品中坦陈故事的虚构过程。当然，这种变化在当时更直接，或者说更自觉的目的，是力图打破现实主义一统天下的局面。这反映了当时创作方法单一僵化的现实，也暴露出对于现实主义的远非准确的认知。但从客观上看，它是文学叙事的一次更新迭代。"真实"不再是文学叙事的最高标准，更不是唯一标准，这为文学叙事的创新发展拓展了艺术空间。

其次，破除对"真实"的迷信，为"虚构"正名，其积极意义是有边界的，不能偏执地放大。因为文学叙事真正的难度，不是如何才能让读者明白故事是虚构的，而是如何通过一个虚构的故事，让读者获得真实感，唤醒真实的经验，体验真实的感动。

王文静：从对"真实"的迷信中解脱出来，作家获得了更大的空间去探索如何叙事的问题，在此过程中，"怎么写"本身也成为一道风景线。在创作实践上，最突出的探索是什么？

王力平：这也是我想说的第三点，就是打破了"叙事时间"、

"故事时间"和"自然时间"的一致性。在传统的叙事习惯中，故事情节是一个时间过程中的因果链条。自然时间为故事时间提供依据，而叙事时间一般会按照故事时间的顺序依次展开。这样可以把叙事时间隐藏在故事时间后面，让故事更真实可信。在这个传统中，倒叙和插叙只是一种修辞手法，它的存在不是为了颠覆故事时间。

关于"更真实可信"的问题，罗兰·巴特在《叙事作品结构分析导论》中也曾谈到，他说："我们的社会是把叙事作品的语境的编码尽可能严严实实地掩盖起来，为叙事作品虚构一个合情合理的情境，不为之'举行开幕式'，如果可以这样说的话，试图以此使叙事作品看上去像真的一般。"他主张公开"叙事作品的语境的编码"，虚构作品应该坦陈自己是虚构的。他认为，"不喜欢公开代码是资产阶级社会及其群众文化的标志"。显然，罗兰·巴特是把对"真实"的追求，看作是大众通俗文化的"语境代码"了。

王文静：这样看来，打破叙事时间与故事时间的一致性，与破除对"真实"的迷信有着千丝万缕的联系。

王力平：对。随着叙事时间与故事时间的一致性被打破，极而言之，当"故事时间"在叙事中像洗扑克牌一样被跳跃、闪回、穿插和空缺打碎时，呈现在作品中的，是淡化和取消故事情节，是叙述性语言的充盈和描写性语言的萎缩。而更为内在的动机，则是通过颠覆故事时间，进而颠覆故事时间背后的自然时间；通过取消情节逻辑的约束，进而取消现实逻辑的约束,从而为建构作家自己的叙事逻辑或演绎观念逻辑拓展空间。

王文静:文学是叙事的艺术,也是时间的艺术。时间的变化、无序、错乱、诡谲或者是消失,是对传统文学线性叙事的颠覆。线性时间被颠覆的同时,故事和情节的核心地位也被颠覆。"事"从中心走向边缘,"叙"从边缘走向中心,小说的形式自觉让文学闪闪发光。

当然,完全游离于主题和情节之外的叙事失去了节制,逐渐在"游戏化""实验化"的过程中耗尽了这场叙事革命的能量。有学者认为,人文关怀和生命意识的缺乏和弱化,使过分迷恋技术主义的先锋小说失去了内容的魅力,终成为读者避之唯恐不及的文本。您怎么看待这一时期先锋文学叙事从兴起到式微的经验?

王力平:你谈的两点,基本上就是文学史给出的评价和判断。但我更喜欢把这两点意见的前后位置调换一下,就像很多年以前,我曾撰文把新潮小说(后来人们更习惯称之为先锋文学)描述为"头足倒置的世界",而后又撰文指出它所表现出的"形式的自觉",是以"错误的方式",提出了"小说艺术发展的合理要求"。前一句话是说它注定没有未来,后一句话是为它在更高发展阶段上的回归系上一方黄手帕。

王文静:除了"真实性""时间"两个概念,这种颠覆性的认知还体现在什么方面?

王力平:全知视角的独尊地位被打破了。在传统的叙事习惯中,全知全能的叙事视角被广泛采用,它似乎具有天然的合理性，甚至成为一种文学叙事中的集体无意识。在罗兰·巴特的叙事学理论中，叙事人问题被放在叙事作品话语结构的第三层"叙述层"讨论。罗兰·巴特归纳了迄今已有的对"叙事人"的三种理解。其一是认为叙事作品是由作者讲述的，即作品是作者写的。对作者与叙事者关系的这种懵懂认知，会自然地导出作者理当什么都知道的结论，客观上会强化全知视角的合理性。其二是认为叙事作品是由一个"完整的意识"，从无所不知的上帝的角度讲述的，即所谓全知视角叙事。其三是认为"叙述者必须将其叙述限制在人物所能观察到的或了解到的范围之内"，即所谓限知视角叙事。然而罗兰·巴特认为这三种观点"都是现实主义的观点""都同样地欠妥当"，因为它们的关注点都在所指上，它们关心的是对事件"全知"，还是知之有限？而结构主义叙事学的着眼点是在能指上，在叙事的"叙"而非"事"上。在这里，罗兰·巴特似乎忘了索绪尔关于能指和所指不可分割的告诫，试图丢开"事"去关心"叙"，关心不同叙事作品背后的"共同的模式"。

我刚才说过，新时期文学，包括创作和批评，对结构主义叙事学所关心的东西其实没有太大的兴趣。倒是罗兰·巴特归纳的人们对叙事人的三种理解，以及他针对第一种理解提出的"一部叙事作品的作者在任何方面都不能同这部作品的叙述者混为一谈"的观点，引起了新时期文学的广泛关注。虽然罗兰·巴特认为不管是全知叙事还是限知叙事，"都是现实主义的观点""都同样地欠妥当"，但它们回应了新时期文学发展提出的现实需求，因而引发了当时文坛对于叙事视角问题的深入探索，也算是失之东隅，收之桑榆。

王文静：仅仅是叙事学理论对叙述者的讨论，就足以成就这场叙事革命吗？

王力平：原因当然不会是单一的。之所以会出现对限知视角的广泛关注和实践，一方面，新时期文学此时出现了"向内转"的审美趋势。显然，在转向内心世界的时候，第一人称限知视角具有更大的叙事优势。另一方面，对全知叙事的冷落和怀疑，也折射出特定历史时期非理性主义、相对主义和历史虚无主义流行的社会现实和审美趣味。

二、超越形式、回应现实是当代文学叙事的重要经验

王文静：文学生态也是历史和时代的选择。先锋小说浪潮已过，在后来的几十年里，余华写了《活着》《许三观卖血记》，格非写了《欲望的旗帜》《江南三部曲》，2022年孙甘露出版了《千里江山图》。我们强烈地感受到，经过叙事艺术训练的小说家再次重返现实、重返故事的时候，他们的文字表达更深邃、更有张力。在这里，我有两个问题。第一个是，先锋文学的叙事革命给当代文学的遗产是否具有普遍性？

王力平：文学遗产当然具有普遍性。但是，对于具体的作家和读者来说，这种"普遍性"只是一种可能性。一个作家所

达到的高度，并不能天然地转换成另一个作家的能力。所以，虽然当代文学发展的历史上已经实现了文学叙事的形式自觉，但如果你发现有人对叙事依然懵懂，那其实是最正常不过的。说到底，一个作家对文学叙事的自觉意识，只能在创作实践中获得。

王文静：第二个问题是，既然叙事艺术需要实践，那么，文学写作训练的可能性有多大？大学通过创意写作教学来培养作家，究竟有没有可能或者有没有必要？

王力平：这个问题分开看会比较清楚。首先，作家作为精神创造活动的主体，不是写作课上教出来的。其次，写作需要有必要的知识和技能准备，这是可以教、可以学的。其实，创意写作这个问题还有一个有趣的侧面，我们捋一捋它的逻辑关系。一方面，我们知道"创意"是无法讲授的，被讲授的"创意"不过是创意案例。能讲授的是写作通识，或"通识"的高级形态，如文学叙事理论。另一方面，我们知道文学叙事形式、技巧、策略乃至圈套，始终是先锋文学的立足之地、立身之本，是文学叙事先锋性的体现。这两个方面分别去看，都有各自的合理性。如果放在一起看，就容易给人"通识性"即先锋性的印象，仿佛距离遥远的两点之间，忽然被一个可以瞬间抵达的"虫洞"贯通了。

王文静：但我最不想看到的，恰恰是一谈起文学叙事，就回到几十年前的结构主义叙事学。我想套用一个流行句式问一问：今天，当我们谈论文学叙事时，我们是在谈什么？我们应该谈什么？

王力平：其实，文学叙事理论早已跨越了结构主义叙事学的藩篱。今天重提叙事意识觉醒时期的经验，是为了汲取一些有益的教训，从而更好地建构自己的叙事理论。当我们谈论文学叙事时，我们是在谈什么？关于这个问题，其实教科书已经给了标准化、系统化的答案，涉及文学叙事的基本特征和构成的方方面面，丰富而实惠，相信在绝大部分场合中，这些答案是够用的。当然，这些答案通常是对前人经验的分类描述，算是"古之成法"。这些东西很重要，为后人的循章守法提供了重要依据。但是，文学的生命在于创新，在于个性化的艺术创造。从这个角度去看，如果只为"守法"行方便，不为"创新"开门径，那么，这种文学叙事理论是不足为训的。

王文静：您还没有回答"我们是在谈什么"和"应该谈什么"的问题。

王力平：正面回答这个问题是很难讨好的。勉强去做，我想可以这样回答：我们是在谈论如何运用与创新语言形象塑造的形式、方法和技巧，完成对人物、故事和意境的叙述与描写，从而实现作家对社会生活审美感悟的准确表达。

王文静：如果这样理解文学叙事的话，那在您看来，文学叙事和文学创作还有区别吗？

王力平：这是一个好问题。文学创作和文学叙事所指涉的是同一件事，但立足点不同。文学创作是立足于作家，而文学叙事则立足于作品。从作家的角度看，文学是一个创作过程，作品是这个过程的结果；从作品的角度看，文学是一个独立的叙事文本，作家只是这个文本的真实作者，甚至有人宣布"作者死了"。它们在内涵上有重叠，同时也有不同的侧重和各自关注的领域。相对于文学创作，文学叙事是一个后起的概念。它们在内涵上的重叠，可以看作是理论共识。而它们彼此间不同侧重的差异，则显示了文学理念的发展和变化，标志着我们对文学内在丰富性的认知在不断深化。

王文静：回到我们刚才的问题。在您勉为其难的文学叙事"定义"里，谈到了文学叙事的对象和目的："实现作家对社会生活审美感悟的准确表达。"您刚才说过，文学叙事是立足于作品、立足于叙事文本的。引入文学叙事的对象和目的，是否有超越文本之虞呢？

王力平：不错，指出文学叙事的对象和目的，就是为了打破叙事文本的封闭性。在文学叙事研究中，当然要把文学叙事的形式、方法和技巧作为内容、作为目的、作为本体来看待。只有这样，才能充分地展开文学叙事内在的丰富性。但如果因此把文学叙事孤立起来，就会犯低级的错误。这不是用所谓普遍联系的法则来抹杀事物相对独立的属性和边界。事实是，如果我们把文学叙事研究局限在文学叙事的形式、方法和技巧的范围内，就"叙事"说"叙事"，我们就无法说明文学叙事的发展，也失去了在具体的文学叙事过程中，选择和创新叙事形式、方法和技巧的依据。其结果是让文学叙事理论成为画在墙上的"饼"，失去其实践性。我们知道，俄国形式主义诗学把"文学性"限定在语言的"陌生化"效果中；结构主义叙事理论强调"语言和文学之间的一致性"，执迷于在叙事作品中寻找"言语"背后的"语言"，用模式的"不变"，去应对叙事的"万变"，叙事理论也因此变得封闭、僵化、机械、偏执，可谓前车之鉴。

王文静：我注意到您在"定义"文学叙事时提到了"意境"。叙事理论不是针对叙事性作品吗？抒情性作品也应当放在文学叙事的概念下讨论吗？

王力平：叙事性作品并不排斥意境的营造。同样，我也不认为文学叙事理论不能讨论抒情性作品。其实，我真实的想法是文学叙事理论应当具有民族性，应当反映汉语在文学叙事、在语言形象塑造中的审美特点。索绪尔在谈到语言符号的"任意性"时说过，"能指和所指的联系是任意的"。但在汉语中，字形和字义的联系显然不那么"任意"，这在汉字构造的"六书"理论中有充分揭示。汉语是具有独特魅力的，比如汉语特有的声韵平仄特点带来语言的音乐性，明人王骥德在《曲律》中描述的不同情绪色彩与不同韵部声色之间的"情""韵"关系，乃至魏晋时期随着"四声八病"理论的发展而形成的声律意识，都为文学叙事和文学形象塑造提供了新的可能性。

王文静：如果一定要勾勒一下文学叙事理论的基本轮廓，它应当包括哪些内容呢？

王力平：在我看来，文学叙事作为语言形象塑造的形式、方法和技巧，它应当包括三个层次的内容。第一个层次是文学独特的媒介形式语言形象，包括故事（情节）、人物、意境等。第二个层次是塑造语言形象的方法，包括写境与造境，叙述与描写，全知视角与限知视角，叙事时间与叙事逻辑，情节与结构，人物性格与人物关系的刻画，情、景关系的不同处理，等等。第三个层次是语言的修辞技巧和文学性转化，包括比喻、象征、反讽、语音的音乐性、语词的前景性、语义的超越性等。

这当中的一些范畴是文学理论共识，比如故事、情节、人物、叙述、描写等；也有一些是我个人的理解、归纳或表述，比如把意境营造看作是语言形象的一部分，比如语音的音乐性、语词的前景性、语义的超越性表述等。但这并不重要。重要的是，文学叙事理论是开放的，它会随着文学自身的发展而不断充实新的内容、拓展新的领域，不断展开自身的丰富性。同样重要的是，处在同一层次和不同层次的范畴，相互之间不是孤立、隔绝的，而是相互依存、相互关联的。比如性格决定命运，人物命运呈现为作品情节。再比如象征，它可以是第三层次的修辞方法，也可以成为第二层次的形象塑造方法。

王文静：1990年代中期以后，对文学叙事的探索在与"好看的故事"的撕扯中败下阵来，新写实主义回流，先锋文学式微。我们知道，中国文学的书写在历史和文学之间具有通约性，中国文化总体上有历史主义的倾向。问题是，中国文学的史传传统会成为叙事学理论本土化的阻力吗？

王力平：要厘清几层关系。第一，文学叙事的形式自觉是文学自身发展提出的合理要求，从这个意义上说，对文学叙事的形式探索不会往事如烟随风散。第二，具体到80年代先锋文学的式微，它只是再次告诉我们，无论有多少理由，文学都不能疏离现实，疏离人民。不关注人民的创作，也不会得到人民的关注。第三，不仅史传传统，包括中国文学对"文""质"关系的理解，都会成为形式主义追求的阻力和天敌。第四，史传传统并不排斥叙事的艺术，所谓"言以足志，文以足言"，"文质彬彬，然后君子"，都是讲这个道理。

其实，中国文学史上，形式主义蔚成风气的事情屡有发生。从另一个角度看，其实就是对文学叙事形式的自觉探索，只是走得太远了，所以会有韩愈、柳宗元的"古文运动"，有"初唐四杰"对"永明体""上官体"的超越，有桐城派对"义理、考据、辞章"并重的主张，也有了钱玄同"桐城谬种，选学妖孽"的檄文。总之，形式探索不是问题，问题在于它不能是疏离和逃避现实的借口。

王文静：所以，在比较语境下谈文学叙事探索和创新力的衰减，有必要在文学自身检讨原因和责任，而不必把一切都归罪于市场经济的持续深入、大众化和消费性文化取向，以及媒介革命身上，仿佛就是金钱和网络"杀死"了"缪斯"。

王力平：很多美好事物的"死"，都让金钱当了"背锅侠"。

三、互联网语境下，叙事何为？

王文静：进入互联网时代后，网络文学兴起，以通俗化、娱乐化、碎片化、游戏化为主要特征的新的文学样式迅速赢得读者。适于浏览速读的浅表化文字与普泛、浅显的思想观点似乎也难以为叙事艺术的探索提供机遇，那种需要体味揣摩和思考的文学体验，因为没有需求而被理所当然地忽略和搁置了。

王力平：其实，我不大赞同你这个看法。以通俗化、娱乐化、碎片化、游戏化为主要特征的网络文学创作，同样需要探索和创新叙事的艺术。只不过这"叙事"不是那"叙事"，网络文学的大火中，大约飞不出先锋文学涅槃的凤凰。

王文静：那么，在当下网络文学、网络剧、网络电影、网络综艺、网络直播等艺术形式都把"叙事"作为打开创作局面的途径，意图寻求自身在叙事上的创新可能的时候，文学叙事——我指的是传统文学或者纯文学，面对众声喧哗，反而显示出令人不甘心的沉默。前面说过，叙事也有时代性，是历史的选择。那么，这种"令人不甘心的沉默"，是文学的选择，还是社会历史的选择？

王力平：首先，你所说的传统文学或者纯文学并没有在叙事探索和创新上沉默。近几年出版的许多优秀作品，比如胡学文的《有生》、鲁敏的《金色河流》、孙甘露的《千里江山图》，都是在"文学叙事"上有所为的。只不过，比起网络叙事市场营销掀起的众声喧哗来，他们可能更喜欢静水深流的风格。

其次，传统意义上文学与网络文学、网络剧创作一样，都有探索和创新叙事形式、方法和技巧的任务，但他们艺术追求的重心是不同的。简单地说，前者是个性化写作，后者是类型化写作；前者是要实现作家独特的审美感悟的形象表达，后者是要满足大众文化消费和娱乐的需求；前者着眼于如何为独特的思想情感内涵创造属于他自己的、唯一的艺术形式，后者着眼于如何把故事讲得更好看、更吸引读者和观众。

从理论上说，我们主张个性化写作应该努力赢得更多的读者，做到雅俗共赏；也主张类型化写作应当努力超越"雷同"、"模式"和"俗套"，提升审美品质。但就创作实际而言，承认二者差异化的艺术追求和社会功能，是合理的，也是必要的。换句话说，这种差异化的文学功能和艺术追求，是文学的选择，也是社会历史的选择。

王文静：在中国现代小说发展过程中，正是白话文的推广和使用，促进了古典叙事向现代叙事迈出关键一步。互联网在媒介变革中为语言带来的新变，对于叙事是否能够产生影响？

王力平：如果把古典文学与现代文学的差异概括为叙事的差异，那么，这种差异远远不是语言的差异，不是文言与白话的差异。而互联网媒介变革带给语言的影响，其实并不是根本性的，"新变"之后的网络文学，语言仍然是白话。互联网媒介变革带给文学的真正的影响，是网络文学的兴起及其通俗化、大众化、娱乐化审美属性。如果说是否会产生影响，眼前显见的是，曾经淡化和取消故事情节的那些主张和努力都已成明日黄花，传统文学或者说纯文学正经历着"故事回归"的压力。

王文静：互联网的技术属性不仅赋予了网络写作者"平权"功能，还赋予了网友分享、评论、打赏的权利。这些权利意味着叙事的延伸：对于一个正在进行时且可以无限延长的小说文本，无论是点赞还是吐槽，网友的文字不仅形成了"元文本"之上的"超文本"，书粉的意见甚至能够影响小说的情节走向。当写作者的叙事权被技术分割给读者时，网络文学是否还有在叙事上向更高一级迭代的可能？

王力平：书粉的点赞、吐槽、评论、打赏是一种现场反馈，和过去说书人从书场氛围中得到的听众反馈是相似的。它实际的作用是，听众不喜欢的，不妨一言带过；听众喜欢的，武松故事可以演绎成《武松传》。从本质上说，作者把叙事权让渡给读者，如果只是因为技术的原因，而不是出于作者的自主选择，这对作品的总体性是有害的，也就难以想象能带来叙事艺术向更高一级的迭代。

王文静：早在1936年，本雅明在《讲故事的人》中就预言了"讲故事这门艺术已是日薄西山"，他把叙事能力的衰退归结为现代社会中人的经验的贬值。那么，在互联网日新月异的发展中，人的经验的贬值和信息茧房的形成更加明显。一方面，想听故事的人不用去看小说，新闻每天推送的真人真事就足够传奇；另一方面，网络文学机制使其难以与传统文学的叙事节奏和风格同步。那么，互联网语境下，叙事何为？

王力平：新闻能不能取代小说，显然是另外一个问题。至于"互联网语境下，叙事何为？"，这要看怎样理解叙事。如果"叙事"是指网络文学创作，我觉得，网络文学、网络剧都应该研究叙事艺术。具体地说，就是研究通俗化、大众化、娱乐化的叙事艺术，让大众喜闻乐见是这种研究的基本目标和方向。在这里，倒是可以重提普罗普所谓人物在故事中的三十一种"功能"，格雷马斯所谓人物的六种功能和三组关联性，等等，对网络文学的类型化写作来说，也许是值得参考和学习的。

如果把叙事理解为，在互联网时代，传统意义上的文学叙事如何才能创新发展？那就不能就"叙事"说"叙事"了，而是要从深入新的时代生活说起，从深刻理解当代社会审美意识、不断建构作家自己的审美心理说起，从作家对现实生活独特的审美感悟说起。以作家独特的审美感悟为基础、为依据，才能开始语言形象的创造，才有文学叙事形式、方法和技巧的运用和创新。

坦白地说，这条路崎岖而寂寞。印象中，成就最大的是曹雪芹。鲁迅说："自有《红楼梦》出来以后，传统的思想和写法都打破了。"不过，为这个"都打破了"，曹雪芹经历了"满径蓬蒿老不华，举家食粥酒常赊。衡门僻巷愁今雨，废馆颓楼梦旧家"，还经历了"披阅十载，增删五次"。这哪里是单纯的形式、方法和技巧所能说尽的？

退守与变形：当代文学的抒情之辨

王文静：前不久，一部八集的短剧《我的阿勒泰》在央视和爱奇艺同时推出，这部根据李娟的"阿勒泰系列"散文改编的剧作，不仅收视率高，还占据了高热度的话题榜。剧作保持了文学原著舒缓的叙事节奏、清新冲淡的感情表达和纯洁自然的人物关系，而这些又与阿勒泰的游牧生活和旖旎风光构成了作品浓烈的抒情意味。在文学创作越来越把"讲故事"作为"叙事"的内容和目标时，抒情往往变得虚弱。您怎么看待《我的阿勒泰》在抒情上的逆风飞扬？

王力平：《我的阿勒泰》的确显示了很强的抒情性。在电视剧创作不断强化故事性，或者说，是讲故事的时候不断强化戏剧性的背景下，《我的阿勒泰》是别开生面的。但你同时也要看到，《我的阿勒泰》是由散文作品改编而来，故事性、戏剧性比较弱是它的文体特征。所以，从电视剧文学剧本的角度看，《我的阿勒泰》的成功，只能说明这部作品的改编是成功的，它呈现出的抒情性特征，并不能成为电视剧创作的范式和标准。

王文静：观察当下的文学创作，抒情文类的边缘化和叙事作品中"抒情"比例的降低，似乎已是不争的事实。随着市场经济的发展，举凡物质和消费对社会思潮的引导，大众文化的繁荣，媒介发展的商业化、市场化要求，都在不断地强化"叙事"这个要素，网络小说则更加旗帜鲜明地赓续中国文学的民间性、故事性的传统。抒情的稀薄和退守是文学发展至当代的必然走向和必要阶段吗？

王力平：文学在社会生活中的边缘化或许是个事实，抒情文类在文学整体中的边缘化大约是一种错觉。对这个问题，你不能只看网络小说和电视剧创作，想象诗歌和散文创作的庞大阵容，或许自豪感会油然而生。

一、用文学的方法抒情

王文静："抒情"作为一个文艺学范畴，它的内涵层次非常丰富，也会由于时代、艺术门类和观察角度的不同产生不同的意义。朱光潜在《谈美》中曾讲"一切艺术都是抒情"的，就是把抒情视为艺术创作的终极目的，是创作者自我价值和作品社会功能的实现。我们今天谈的抒情主要着眼于两个方面：一个是文学作品呈现出的抒情风格，另一个则是作家在文学创作活动中运用的抒情方法。如果从这两个方面理解和观察文学的抒情性，是否可以说当代文学的抒情性呈现了萎缩、退守的态势？

王力平：其实，我们不必急于做出判断。特别是对一个足够复杂的对象——比如"当代文学"，更要避免过于简单的判断——比如抒情性呈现了萎缩之势。在文学抒情这个问题上，不仅情感内容纷繁复杂，文学抒情的形式和方法也是多种多样、变动不居的。不同作家之间、同一个作家的不同作品之间，抒情风格、抒情方法的选择不是也不应该是同一种模式。所以，对复杂现象做简单判断，虽可取观点鲜明之利，但却有以偏概全之虞。

其实，重要的不是当代文学的抒情性是否萎缩、是否退守，而是当代文学应当如何理解文学的抒情性，如何发掘文学语言、修辞和创作方法的潜能，丰富和拓展文学抒情性的表现形式，更好地实现文学抒情的审美价值。

王文静：看来在"应然"与"实然"之间，您对"应然"更感兴趣。那就如您所说，我们不急于判断，先来谈谈如何理解文学的抒情性吧。我注意到，在谈到丰富和拓展文学抒情性的表现形式时，您提到了语言、修辞和创作方法，在您看来，它们之间存在什么联系呢？

王力平：抒情是文学最基本的功能和审美价值。文学抒情的形式、方法丰富多彩，我想从微观、中观和宏观三个层面，分别选择语言、修辞和创作方法三个观察点，来讨论文学抒情的表现形式及其潜能。

首先是语言。汉语（普通话）语音没有复辅音，所以音节界限分明；元音占比高，听上去响亮悦耳；发音有四声的起伏变化，所以具有抑扬顿挫的音乐性特点。关于汉语语音声韵特征与情感色彩、节奏之间的关联性问题，古人早有深入的体会和研究。明代戏剧理论家王骥德曾写过《曲律》，探讨不同韵部的音色与不同情绪色彩之间的联系，如"东钟之洪，江阳、皆来、萧豪之响；歌戈、家麻之和""寒山、桓欢、先天之雅；庚青之清；尤侯之幽""齐微之弱；鱼模之混；真文之缓""支思之萎而不振"等，在一定程度上揭示了声韵音色的秘密。因而清人刘熙载在《艺概》中指出，对不同声韵，"须审其高下，疾徐，欢愉，悲戚，某韵毕竟是何神理，庶度曲时情韵不相乖谬"。韵文如此，散文同样如此。小说家老舍说过："我们若要传达悲情，我们就须选择些色彩不太强烈的字，声音不太响亮的字，造成稍长的句子，使大家读了，因语调的缓慢、文字的暗淡而感到悲哀。"从文学语言的角度看，语言音韵要素与情感色彩、节奏之间的内在联系，是文学语言音乐性的基础。从文学抒情方式的角度看，语言的音乐性可以看作是文学抒情的最小审美单元。

王文静：对文学语言的研究，其实一直是理论建设的短板。从创作实践来看，随着网络文学兴起，语言粗鄙、简陋、随意、轻忽的问题俯拾即是。一句"适应快节奏的生活"，就将文学语言炼字、推敲、准确、优雅种种美德弃如敝屣。您不觉得关于文学语言音乐性的分析，恰恰就是当下文学抒情萎缩的一个论据吗？

王力平：但它首先是文学抒情的形式和潜能。况且，泥沙俱下，原是大河本色。苛求澄清，反而会丢了流水不腐的好处。我们还是移步中观层面，去看文学修辞。

文学修辞不是封闭的。围绕文学抒情的修辞手段，更是时时处在作家不断的创造和创新过程中。基于叙事、抒情是文学的两个基本功能，我想特别提到"情景相生"。对文学抒情来说，这四个字可谓切中肯綮。明末清初思想家王夫之在《诗绎》中说："情景虽有在心在物之分，而景生情，情生景，哀乐之触，荣悴之迎，互藏其宅。"文学抒情是面向内心世界的，文学叙事是面向外部世界的，就如同"情"与"景"有"在心""在物"之分，但情景相生，互藏其宅。还是王夫之，他在《夕堂永日绪论》中进一步阐述说："夫景以情合，情以景生，初不相离，唯意所适，截分两橛，则情不足兴，而景非其景。"在他看来，如果文学抒情不取"情景相生"之道，则不仅"情不足兴"，甚至还会"景非其景"。以情景相生为前提，王国维断言："一切景语，皆情语也。"就文学抒情而言，"景"是情感的投射，是内心世界的外化形态；而"情"则是景物的灵魂，是外部世界由此展开的主观视角。

王文静：的确是这样。《易水歌》中"风萧萧兮易水寒，壮士一去兮不复还"，《诗经·采薇》中"昔我往矣，杨柳依依"，无不是杜甫所谓"感时花溅泪，恨别鸟惊心"。在《额尔古纳河右岸》中，迟子建对鄂温克族文化的迷恋、对故乡不能割舍的依恋之情，也是在她写风雪、写驯鹿、写猎手、写狗皮褥子的过程中呈现出来的。以情景关系为依托的情感表现手法，虽然源于古代诗词曲赋创作实践，但同样适用于今天的散文和小说创作。

王力平：也许我的看法还要更进一步。我觉得，在叙事性作品中，循"情景相生"之道，在人的现实关系、人物的行动、自然景观以及城乡人文景观的描写中，揭示和传达人内心世界的情感内容，不仅仅是"同样适用"，更是小说创作的中国风格和气质的落笔处、着色处。另外，你不觉得关于《额尔古纳河右岸》抒情性的分析，提供了一个抒情性萎缩、退守的反面例证吗？

王文静：《额尔古纳河右岸》描写边地风物人情，那种万物有灵的神性，那种人与自然共生共存的和谐，鄂温克族人生命中的爱恨情仇，本身就具有强烈的抒情性。这部小说的成功，并不表明在更大的范围内文学抒情性没有萎缩。相反，从80年代中期开始，特别是"零度叙事"和"新写实"登上文坛，小说叙事呈现出粗粝坚硬的质地，文学抒情变得个人化、碎片化、私密化甚至欲望化，这种情形不恰恰表明了文学抒情性的退潮吗？

王力平：这就是问题的症结所在。谈到文学的抒情性，你可以举出《额尔古纳河右岸》显示乐观，也可以举出"零度叙事""新写实"显示悲观。其实，它呈现的不是矛盾性，而是丰富性，背后折射的是创作方法问题。

所谓创作方法，我理解为作家在创作活动中选择的艺术思维和形象塑造的方法。在讨论现实主义问题时，我们曾经谈到它的规定性。比如，在观察和感受世界的过程中，它更强调"观察"，更注意"细节"，更专注于对象间的现实关系；在形象塑造和情节叙述过程中，它主张遵循客观的现实逻辑，按照生活"本来的样子"去描写；在作品文本中，它主张把作家个人的情感、立场和倾向性隐藏在情节和人物的背后；等等。今天讨论文学抒情性问题，应当关注一下浪漫主义创作方法的规定性。和现实主义创作方法不同，浪漫主义创作在观察和感受世界的过程中，更强调"感受"，更注意"特征"，更专注于对象与主体之间的情感关系。在形象塑造和情节叙述过程中，它主张遵循主观的情感逻辑，按照生活"应有的样子"去描写。在作品文本中，它主张直接地、毫不隐讳地表达作家的立场、情感和倾向性。

现实主义和浪漫主义（王国维称为"写境"和"造境"）是两种不同的艺术思维和形象塑造的方法，但这两种方法又是相通的，像是一个向度相反的数轴，越是靠近数轴的两端，现实主义（写境）和浪漫主义（造境）两种创作方法的差异性越鲜明；越是靠近数轴的中间，两种创作方法的相通性越鲜明。表现在创作实践中，就是王国维所说的，"大诗人所造之境，必合于自然；所写之境，亦必邻于理想"。具体到文学抒情性来说，相对于造境方法的直接和鲜明，写境方法则在不同程度上表现得间接一些、隐晦一些。

王文静：呼唤文学的抒情性，并不是要回到浪漫主义的情感乌托邦。脱离了现实逻辑，那么所抒之情也将沦为笑柄。

王力平：这里所说的现实主义和浪漫主义，是指艺术思维和形象塑造的方法，作家有选择直抒胸臆或者婉转隐晦的自由，并不涉及情感内容。谈到文学抒情的情感内容，其实不仅仅是情感的现实逻辑，还有一系列重要的关系和问题，需要从思想上厘清。

二、文学抒情中的几个相关问题

王文静：说到情感内容，随着生命哲学、直觉主义和弗洛伊德本我、自我、超我理论的译介传播，"本能""原始情感"成为"热词"。您怎么看待文学抒情中的"原始情感"和"本能"？

王力平：说到"本能"，其实不需要柏格森的生命哲学或者弗洛伊德的"本我"理论来揭示。《礼记·礼运》中就有"喜、怒、哀、惧、爱、恶、欲，七者弗学而能"的说法。但《礼记》指出"七者弗学而能"，意在引出后面的"舍礼何以治之"。明代思想家、文学家李贽曾倡导"童心"说："夫童心者，绝假纯真，最初一念之本心也。"但李贽力倡"童心"，并不是要回到童年的懵懂无知，而是要扬"情"抑"理"，以赤子之心反叛孔教和程朱理学。清人袁枚是"性灵派"领袖，倡导"性灵说"是针对当时笼罩诗坛的复古主义风习。就算是弗洛伊德所说的"本我"，也要放在与"自我""超我"的结构关系中才有理论价值。所以，"童心"也罢，"性灵"也罢，"本我"也罢，都不能孤立解读。可以这么说，通常理论界大谈"原始情感"、大谈"本能"的时候,其真实目的都不是要追寻"原始",回归"本能",而是为了批判现实。这是一种思想方法,文学抒情在处理"本能""原始情感"时不可不察。

王文静:我们常用"诗意"来形容文学作品中的抒情特征,比如"诗化小说"。但对以叙事为中心诉求的小说而言,语言的优美和景物描写的诗情画意往往要让位于人物和故事。毕竟孙犁的《荷花淀》已是少数,像孙甘露的《信使之函》那样,在第一人称下把汪洋恣肆的语言实验进行到底的创作更是极端的例子。

王力平:这是文学抒情需要厘清的又一个问题,实质上是情感、事件、思想三者的关系问题。《尚书·尧典》说"诗言志",这个"志"是情、志的合体;陆机《文赋》说"诗缘情",这个"情"是意在摆脱汉儒纲常约束的自然情感;唐代诗人白居易说"歌诗合为事而作",这个"事"是时事,是现实生活。他们说得都有道理,所以你可以全都相信,也可以选择你愿意相信的。实际上,作家对社会生活的审美感悟是他在创作活动中抒写、表现的对象。审美感悟是一种心理情感形式,它包括主体独特的情感体验,也包括对具体现实图景的表象记忆,它还有一个理性内核,是以作家审美意识为基础的审美评价和意义认知。这些因素共同决定了审美感悟不仅是主观审美意识与客观社会生活的统一,同时也是感性和理性内容的统一。简而言之,主张"诗言志"是着眼于审美感悟中的意义认知,主张"诗缘情"是着眼于审美感悟中的情感体验,主张"歌诗合为事而作"是着眼于审美感悟中的现实图景。至于其中的侧重取舍，一般来说，取决于作家对艺术思维方式和形象塑造方法的审美选择。理论批评的任务，是包容和鼓励作家的选择，并反对一切将某个单一要素置于独尊地位的企图。

王文静：在《中国新文学大系 1976—2000·短篇小说卷》导言中，编者把张承志的《骑手为什么歌唱母亲》作为叙述起点，放弃了既往文学史中把《班主任》《伤痕》作为新时期文学起点的惯例。这是否意味着在"何以文学"的考量中，历史最终选择了抒情性呢？

王力平：我注意到这个变化。作为新时期文学的起点，它需要具备承续过去、开启未来两个特点。现在看来，小说《班主任》承续过去的分量重了些，开启未来的意味轻了些，但历史就是这样走过来的。《班主任》发表于《人民文学》1977年第11期，在时间上早于《骑手为什么歌唱母亲》（《人民文学》1978年第10期），它作为新时期文学起点的地位是历史形成的。导言中评论叙事的变化，反映了今天审美取向和批评标准的嬗变，并不能改变新时期文学的起点。至于说"何以文学"的答案是不是抒情性，我觉得应该是"文学性"，而非"抒情性"。

王文静：还有一个在文学抒情中容易引起困扰的问题，就是"大我"与"小我"的关系。您怎么看"大我"与"小我"？

王力平：一般来说，人们把"大我"理解为"共性"，理解为历史主题和时代精神；把"小我"理解为"个性"，理解为作家的个人体验。在"大一统"的思想背景下讨论"大我""小我"的关系,容易在理论上泯灭"小我",结果是把文学创作引向概念化、模式化的歧途。相反,在"个性解放"的思想背景下讨论"大我""小我"的关系,容易在理论上否定"大我",结果是把文学创作引向私人化、琐碎化、口水化的泥淖。对当代文学来说,这两个方面的教训均可谓殷鉴不远。"大我""小我"的关系并不复杂,不外乎"共性"寓于"个性"之中。之所以变得莫衷一是,其实是因为反映了"大一统"或"个性解放"的观念对作家创作活动的异化影响。

在现实性上,"大我"是看不见、摸不着的。作家创作不是从平衡"大我""小我"开始,而是从作家对社会生活独特的审美感悟开始。审美感悟的独特性,取决于两个变量,一是不断发展的、新的社会生活,二是不断建构、更新的作家审美意识。所以,重要的是像孟子所说的那样,"善养吾浩然之气",用理论话语说,就是不断建构作家自己的审美意识、审美心理图式,多一点儿天下苍生、社会担当、历史意识,少一点儿杯水风波、低级趣味、鼠目寸光。有一种叫作家国情怀的文化基因,是融化在包括作家在内的中国知识分子血液里的东西。所以文学经典中的抒情佳作,往往都是在个人遭际的吟唱中透出家国情怀。在审美意识里唤醒这种文化基因,作家笔下的"小我"才能有深沉厚重的"大我"气象。

王文静:毕飞宇在他的《小说课》中用非常辩证的语言谈到抒情。他承认抒情是一种修辞,但他认为小说中的抒情是一种特殊修辞,是通过"控制感情"去实现的。怎么理解小说创作中用"控制感情"的方式抒情？这是他个人化的创作独白还是叙事文体与抒情相遇时的特点？

王力平：他讨论的是文学抒情中的"度"的问题。在中国文化传统中，对情感、对抒情，有十分自觉的"度"的意识。《论语·八佾》中，孔子以"乐而不淫，哀而不伤"评价《关雎》。有学者认为，这里的《关雎》不是《诗经》中的"关雎"，而是亡于秦火的《乐经》中的"关雎"。但这并不重要，重要的是，它是儒家"中庸"道德理想的审美表达。随着儒家思想成为中国古代思想史的主流意识，"致中和""乐而不淫，哀而不伤"也成为文艺批评和鉴赏的重要标准。

"度"即分寸，本身是动态的。孔子把"乐而不淫"视为分寸，宋明理学家们则把"存天理，灭人欲"视为分寸。郭沫若在《天狗》中说："我是一条天狗呀！我把月来吞了，我把日来吞了，我把一切的星球来吞了，我把全宇宙来吞了。"有人认为那是"粗野全无诗意的狂叫"，但在五四运动的历史背景下，非如此呐喊不足以和新文化的急风暴雨相匹配。

对情感抒发提出"度"的要求，不能简单地理解为约束、限制，它同时也意味着新的可能性。比如王夫之在《姜斋诗话》中所说的："以乐景写哀，以哀景写乐，一倍增其哀乐。"运用反衬的方法，可以事半功倍。事半，所以有度，功倍，所以尽情。再比如胡学文的《有生》，祖奶的一生充满了苦难伤痛，但作家并不停留在对苦难伤痛的渲染上，而是浓墨重彩地抒写祖奶心存一念、生死以之的执着、坚守和不屈。所以，一个历尽劫波的故事，并没有被愁云哀嚎所笼罩，却从中站起一个自度、度人的祖奶形象。

王文静：所以毕飞宇所说的"控制感情"，不是否定它、压抑它，不是"灭人欲"，而是在文学叙事中把握艺术的分寸感。说到感情的控制和分寸，文学抒情中另一个容易引起困扰的问题是理想主义。理想主义本身不是情感形式，但可能是文学抒情背后的思想内核。理想不能否定，但又不能放任它脱离现实，成为空想的乌托邦。其中的"分寸感"在哪里？

王力平：理想和喜怒哀乐等情感形式确有不同，理想是一种信仰，是志向和抱负，它和"诗言志"里的"志"约略相仿，可以看作是一种特殊的情感形式。在文学作品中抒发理想是题中应有之义，而不使"理想"滑落成"空想"，是一个成熟作家应有的艺术造诣。至于"分寸感"在哪里，端的是因作品而异，理论批评实难揣测，更不能规定。

但有一个经典的例子是大家应该熟悉的。1880年，恩格斯出版了《社会主义从空想到科学的发展》，阐明了唯物史观和剩余价值学说的发现，使社会主义从空想变成科学。其中的方法论启示是，空想社会主义所以是空想，因为它对人类社会做了美妙的理论设想，但没有找到实现这种设想的现实力量；它把实现美好愿望的可能性，建立在个人善良的道德情怀的基础上，而没能从社会的基本矛盾及其发展的历史过程中，洞察社会主义成为现实的历史必然性。

当然，作家在创作中经常处理的，往往不是这种关乎社会历史发展的理想与现实,而是在眼前一地鸡毛的苟且中,是否还能有面向大海、春暖花开的诗和远方。这时候我们所期待的是,这种"诗和远方"不是强行插入的桥段,不是硬性植入的道具,不是外在于人物生活和命运的漂浮物,而是从人物性格中生长出的"动机",是在人物命运的发展中,具有真实意义的"行动"。

三、"抒情传统"的当代新变

王文静:近年来,"抒情传统"堪称"热词"。这是陈世骧于1971年在美国亚洲研究学会上发表致辞时提出的核心观点,经过高友工等学者不断的发展和引申,形成了"中国文学整体上是一个抒情传统"的理论,用以在比较文学语境中,区别以戏剧、史诗为传统的欧洲文学。您怎么看"抒情传统"讨论?

王力平:在中国文学史上,"抒情"的确具有深厚的传统。但中国文学不仅有抒情传统,还有史传传统、刺美传统、载道传统等。若论文学功能作用,举凡"兴、观、群、怨""多识于鸟兽草木之名",无不源远流长,蔚为大观。把抒情传统单独择出来,进而置于独尊地位,至少是一种偏颇。

王文静:我注意到,有不少论者把抒情传统作为理论前提,对现当代文学进行观察和分析,从抒情性的角度,展开现当代作家作品研究。但我同时也发现,这些研究更多是谈论作品的抒情性,而不是抒情传统的赓续与新变。故而难以揭示这些作品的抒情性与抒情传统之间的必然联系。对这种理论与创作的隔膜，您怎么看？

王力平：抒情传统讨论，实质是比较文学平行研究模式下的中国古典文学抒情特征考察。用以对古典文学抒情特征的认识是有益的，拿来作为现当代文学抒情性发生发展的思想资源和理论前提则是不够的。即使不考虑具体作家的风格差异，时代的发展、社会的进步以及审美意识的变迁，都会为现当代作家作品的抒情性打上自己的烙印。所谓抒情传统，只是影响因子之一。

不仅如此。文学理论建设不仅要注重科学性，即准确把握已经发生的文学史实，还要注重实践性，即对现实的文学发展能发挥开辟道路的作用。从这个意义上说，如果切断和肢解中国文学的总体性，孤立地谈论抒情传统，那么，这种抒情传统理论是缺少积极的实践性品质的。

王文静：抒情传统说的研究路径，是从中国早期诗歌中提取"抒情性"概念，以《诗经》《楚辞》分别代表现实主义和浪漫主义两大源流，进而将中国文学传统定义为抒情。尽管这种研究带有一些本质主义的危险，一定程度上遮蔽了中国文学的复杂性，但它的提出对于在世界范围内弘扬中华美学精神，特别是彰显中国古典文学中抒情艺术的价值，还是有积极意义的。

王力平：文化交流是一件好事。不过，对"在世界范围内弘扬中华美学精神"这件事，不必过于乐观。把一种文化的审美特质"弘扬"到另一种文化中去,就像刚才说过的,这需要解决让"空想"成为"科学"的现实力量问题。但这并不重要,值得注意的是,就当代文学的发展而言,抒情传统的热络,提示理论批评应当对一切"脱实向虚"的审美趣味和理论导向有所警觉。

王文静:"对一切'脱实向虚'的审美趣味和理论导向有所警觉",您能否稍做展开?

王力平:我的意思是,中国文学传统是否等于抒情传统,可以见仁见智。但理论建设的实践性提示我们,当中国文学被定义为抒情传统,并且成为一种思想氛围和学术共识的时候,容易误导当代文学在实践上"脱实向虚"。

"脱实向虚"有不同的表现形式,比如为成绩而陶醉;或者相反,为问题而绝望。今天的中国面临许多发展中的矛盾,现代性主题的历史展开正如逆水行舟,不进则退,社会生活中迫切需要的还是科学理性精神。今日中国,妄自菲薄不足取,但也远不是"提刀而立,为之四顾,为之踌躇满志,善刀而藏之"的时候。再比如,个性化的主体情感经验与评价是文学创作不可或缺的,但把"抒情"孤立起来,定义为"传统"并赋予独尊地位,在理论上就把"大我"和"小我"对立起来了,这势必重新开启"大一统"或"个性解放"观念对文学创作的异化过程。今天,无论是现实主义的如实描写,还是浪漫主义的直抒胸臆,都应直面现实矛盾,心怀天下苍生,担当历史使命;而不是"脱实向虚",耽溺于或者逃避到某种一己之私的情感、情绪中，不管这种情感、情绪是自满自得，还是自怨自艾。这涉及当代文学的审美趣味和价值取向，涉及作家的艺术追求和文化选择，文学批评应当有清醒的自觉意识。

王文静：继陈世骧提出"中国文学整体上是一个抒情传统"之后，王德威又把"抒情"引入到中国文学现代性讨论中，他认为"中国文学的现代性问题不能由革命、启蒙的话语一以蔽之""在革命、启蒙之外，'抒情'代表中国文学现代性——尤其是现代主体建构的又一面向"，并提出"抒情"是"五四"以来"隐匿在革命和启蒙两大话语中的第三种面向"。对此您怎么看？

王力平：王德威先生所说的革命与启蒙，学界通常表述为救亡与启蒙。两者的关系，我们在讨论中国乡土文学时曾经谈到，核心意思是，在中国现代社会历史中，启蒙与救亡是相互成就、一体两面的关系。没有启蒙，不可能实现救亡；而若没有救亡，启蒙就只是客厅里的坐而论道。王德威先生主张用"抒情"来说明现代性。其实，真正把"古典性"与"现代性"区分开的，不是"抒情"，而是情感内容。谈到现代文学的情感内容，恰恰离不开革命和启蒙。当然，我们都明白，以"抒情"来论证文学的"现代性"，实质是要在革命（救亡）与启蒙的社会历史实践属性之外，张扬个人价值和主体意识。我们曾谈到，审美感悟是主体的一种心理情感形式，它是审美主体与客体的统一，也是感性和理性的统一。所以，从主体的情感体验，从"抒情"的视角去观察、认识文学现象是没有问题的。但是，把情感因素从主体与客体、感性与理性的复杂联系中孤立起来、抽象出来，并加以绝对化，这和把观念因素绝对化的"主题先行"，以及把故事因素绝对化的"题材决定论"一样，都是有害的。还是那句话，中国文学传统是否等于"抒情传统"？在革命和启蒙之外，"抒情"是否能科学地揭示文学的现代性？不妨各抒己见。但在创作实践上，当代文学不应因此而"脱实向虚"。

王文静：刚才谈到，抒情是永恒的，变化的是抒情的方式和情感内容，时代会为作家作品的抒情打上自己的烙印。在当代文学发展中，有两个典型性实例，一个是1980年代的先锋文学创作，另一个是当下的网络文学创作。

先说先锋文学。先锋文学创作喜欢采取"零度叙事"的表达策略，追求叙事的冷静客观和基于叙事圈套的游戏化、间离化效果，直接导致了感情抽离后的冷峻。有意思的是，和作品的"无情"相对应的，恰恰是那些作家具有强烈的主体意识，是具有自觉主观输出意愿的"我"。人们甚至会说，因为一个个"我"的浮现，成就了一个"抒情时代"。可以把这种矛盾性理解为时代烙印吗？

王力平：广义的"抒情"是主观情志的抒发，包括偏于感性的情感经验与评价，也包括偏于理性的志向抱负。狭义地看，因为作家选择创作方法的不同，作品中的感情色彩和主观倾向性有强与弱、直接与间接的差异。并且，"冷峻"也是一种情感形式，就像白色也是一种颜色。所以，就"抒情"而言，时代留给先锋文学的烙印，不是矛盾性，而是情感经验的"理念化"。先锋文学的一个重要特征是基于观念视角的文学叙事。这些包括世界观、艺术观在内的"观念"内容，本应进入作家审美意识的建构过程，通过作家与社会生活构成的审美关系，影响作家对社会生活的审美感悟。但在实践中，这些观念是植根于西方现代和后现代社会土壤的精神植被，对于中国社会而言是先验的。它们进入中国当代文学，是基于同构关系的横向移植，比如西方后现代背景下的荒诞性与中国极左政治背景下的荒诞性之间，存在着异质同构关系。但这种同构关系是一种理性认知，而非情感经验。所以，"冷峻""无情"，其实是它的本色。

王文静：再来看网络文学。在互联网技术红利的推动下，网络文学创作队伍和社会影响力不断扩大，我们似乎进入了一个"泛文学时代"。和传统文学中作家的个性化叙事相比，网络作家更致力于"埋梗"、写"爽"文，市场化创作和碎片化阅读让他们无法静下心来推敲语言，无法放缓叙事节奏去抒发情感。面对网络文学中被压抑的抒情性，它是新媒介语境下抒情节奏的时代性表征吗？

王力平：其实答案已经在你的问题里了。在以往熟悉的文学创作中，作家追求的是个性化叙事，独到的思想内涵和情感经验，独特的人物性格刻画和情节结构，等等。网络文学本质上是大众艺术，着眼和致力于大众的喜闻乐见，其情感形式和内容具有大众化的特点。它一般会顺应大众的情感和价值取向，比如惩恶扬善、急公好义、英雄崇拜等；会选择大众喜闻乐见的艺术表达方式，比如塑造鲜明性格的人物形象，设计曲折生动、悬念迭生的故事情节等；会深耕大众关注追捧的题材领域，比如侦探、悬疑、言情、仙侠、商战等。大众喜欢有情人终成眷属，作家就不会厌烦和排斥"大团圆"；大众喜欢快意恩仇，作家就不会让笔下的人物陷入"生存还是毁灭"的沉思。所以，如果说网络文学的抒情性受到了压抑，那么被压抑的其实不是抒情性，而是个性化的情感经验以及个性化的情感表达。

但我并不认为这就是文学的抒情性在萎缩。文学的抒情性原本就不是一个"定量"，情感内容和情感表现形式更是丰富多彩，受到民族心理、时代精神、作家个性因素以及文学体裁形式的影响，它们呈现出不同特点或样貌，是再自然不过的事情。当然，如果有一天，大众对网络文学提出了更高的审美诉求，不仅要求情节曲折、悬念迭生、人物性格鲜明，更要求语言有韵味，思想有深度，能够直面和介入现实，那不仅是网络文学抒情性的新变，更是纯文学个性化写作和通俗文学类型化写作在更高发展阶段的统一。

套用一句流行语，期待它们"双向奔赴"。

无处不在的语言

王文静：力平老师好！2023年8月，第十一届茅盾文学奖揭晓，长篇小说《雪山大地》《宝水》《本巴》《千里江山图》《回响》五部小说获奖，这些作品或关注新时代奋斗历程，或书写民族史诗与革命历程，在现实主义表达和小说艺术的创新方面展现出独特的美学特征。《文学报》以"为当代文学增添新的语言"为题刊发了评论家对获奖作品的简要述评。我们暂且不去分析这个评价中"语言"的具体含义，如果从语言角度衡量文学作品的成就——特别是在当下的创作和传播语境中，这样的评价有什么意义？还是仅仅为了回归"文学是语言的艺术"这个经典的判断？

王力平：显然，编者的本意，是以"语言"指代文学创作，以便把五部不同的作品归拢在一起，而不是为了从语言的角度衡量作品的成就。如果一定要从语言的角度去破题，则题旨是把五部作品视为当代文学创作新的收获、新的言语活动。至于在潜意识中，是否隐藏着回归"文学是语言的艺术"经典判断的冲动,我个人宁信其有,乐见其有。

一、文学是语言的艺术

王文静:长久以来,"文学是语言的艺术"已经成为文学创作和研究领域毋庸置疑的真命题。尽管它带有浓重的语言工具论的色彩,但基于它对文学创作自身特点的准确揭示,这个概念可以说是"没毛病"的。然而,当我们对文学进行评价和研究的时候,这个概念似乎是不被想起的。"语言"常常作为表层意义被观察和理解,并停留在对词汇、句式、修辞的分析上。可以说,语言常常被视为表达,或者说,表达被等同于语言。从命题的毋庸置疑,到批评实践中的不被想起,语言的范畴内为什么会有这么大的落差?这与语言横跨不同的理论领域相关吗?

王力平:语言的概念经常出现在语言学以外的领域中,比如文学、分析哲学、符号学等。但只要明确了定义域,就应该可以防止歧义的发生,虽然现实中的情形并不十分乐观。但你谈到的"落差",其实是由双重误解带来的。

首先是对"文学是语言的艺术"有误解,比如你刚才说,这个命题"带有浓重的语言工具论的色彩"。其实,这个命题的要义不是要明定语言为"工具",而是要说明,文学区别于其他艺术形式的地方,是以语言为媒介的形象塑造。语言形象塑造,既是文学表达思想情感的手段,也是文学创作的目的;

是形式，也是内容，是一个硬币的两面。

其次是对语言的工具属性有误解。在认识论哲学中，在思维与存在是否具有同一性的理论命题中，语言是思维的工具，是思想的直接现实。在这个理论背景下，承认语言的工具属性并不是对它的贬低和轻慢。相应地，把语言指为"本体"，指为"存在"，指为"目的"，不仅与事实不合，与逻辑不合，而且不会使语言更高贵。

当然，进入20世纪，西方现代哲学发生了语言学转向。分析哲学摈弃了形而上学方法，认为传统哲学所关心的问题——比如世界的本源、意识与存在是否具有同一性、什么是美等，都是无法得到实证的伪命题，是无意义的。分析哲学注重语言和逻辑分析，罗素提出："哲学中有一大部分能化成某种可称作'句法'的东西。"卡尔纳普更为决绝，他说："一切哲学问题实际都是句法问题。"哲学的任务被认为是澄清语言表达式的意义。随着这种完成了语言学转向的哲学思想被介绍到当代文坛，有人开始用"第一性""本源性""本体""存在"这样的概念来谈论语言，谈论语言与存在、语言与我们生存的世界的同一性。但问题在于，把分析哲学、语言哲学的思想或概念简单套用过来，把语言哲学的"存在"等同于认识论哲学的"存在"，并试图构建一个"语言本体论"，其实是不严肃的。不过，这终究是哲学或语言学的问题，离我们要谈的文学语言问题还有一定距离。

王文静：一直以来，我们的文学观都延续着"文以载道"

的历史传统,古代文论中有"得意忘言""言不尽意"等文学命题,对"言""意""象"关系的描述,表明了语言在表情达意过程中的工具属性。西方从古希腊一直到近代,通过语言模仿自然、再现现实的文学观念也始终处于统治地位。无论是表现说还是模仿说,都是把语言当作载体,当作工具。而在俄国形式主义、新批评、结构主义叙事学那里,内容决定形式的观点被颠覆,文学反映生活的观点被质疑,文学成为一种与"外部"无关的语言形式,而"文学性"就体现为语言的功能和结构形式。我想知道,您会如何评价这种变化?

王力平:正像你所说的,在俄国形式主义、新批评、结构主义叙事学那里,传统的文学观念发生了很大的变化,也不妨把这种变化描述为文学反映生活的观点被质疑,内容决定形式的观点被颠覆,文学被理解为一种与"外部"无关的文本语言形式,等等。但问题的重点不在于形式主义理论如何理解文学、如何理解文学性。重点在于,当内容不再决定形式之后,决定作品语言形式的是什么?结构主义、形式主义诗学理论给出的答案是语言决定言语,用语言和言语的关系,置换内容与形式的关系。言语是语言的表现形式,或者说,一部叙事作品是更具普遍性的叙事模式的表现形式。在抽掉文学的社会历史内容和情感价值之后,文学作为语言的艺术还能剩下什么?事实上,这种形式主义理论日渐式微最终被解构主义所取代的历史,已经回答或部分回答了这个问题。

王文静:我们对于语言认知的简单化还不止于此。文学作为语言的艺术，文学语言有别于普通语言的地方在哪里？文学语言的艺术性表现在哪里？我们常常用"准确""生动""形象"去概括文学语言的特征。但"准确"其实是语言的一般属性，并不能回答何为文学语言的问题。在您看来，文学语言与非文学语言的区别是什么？

王力平：事实上，"生动""形象"也不足以说明文学语言。所谓语言要生动、形象，其实说的是语言描述的对象应当是感性的、具体的、形象生动的，是把语言对象的特征错认为语言的特征，并没有深化我们对文学语言的认识。换句话说，语言的所指可以有是否生动、形象的问题，但语言的能指，语言的字形、字音并没有生动与不生动、形象与不形象的区别。语言文字是形、声、义的结合，是能指与所指的统一。所以，我们可以讨论语言形象的具体性和生动性，但无法讨论文学语言的形象性、生动性，因为它缺少语言学基础。

王文静：应该如何理解您说的语言学基础？或者说，应该如何理解一种建立在语言学基础上的文学语言及其审美特征呢？

王力平：所谓文学语言的审美特征，本质是语言在文学应用中的审美可能性。我在《音乐性 超越性 前景性——文学语言特性新探》一文中，曾从语音、语义和语词三个方面去分析文学语言的审美特征。

第一，是语音的音乐性。文学语言语音的音乐性，建立在汉语（普通话）元音占比高，没有复辅音，语音响亮、音节界限分明，以及声调有四声变化的语言学基础上。汉语的这种语音特征和作家作品所要表达的情感节奏统一起来，互为表里，形成文学语言的音乐性特点。

第二，是语义的超越性。汉语是字音、字形和字义的统一体，音、形、义之间的对应关系，是在历史的发展中约定俗成的，这是语言交际功能的基础。但另一方面，在具体的语言运用过程中，一个词或一句话，在不同时间、地点，不同场合，不同上下文关系中，它的意思会发生变化。换言之，语境对于语义的最后确定，具有重要影响。这个特点，不仅具有语言学意义，对于文学也具有重要价值。所谓语义的超越性，就是通过特定语境、情境的营造，使字、词、句的意义超越其字面约定俗成的语义范围，造成意在言外的审美效果。

第三，是语词的前景性。"前景"和"背景"的观点，是布拉格学派的重要作家穆卡洛夫斯基提出的。他在分析文学语言与普通语言的关系时指出，如果一个单词或一个短语被人用烂了，不再引人注意了，就会融入普通语言的"背景"。相应地，文学语言应当具有新鲜、罕见、引人注意的前景性特点。穆卡洛夫斯基是在文学语言和普通语言相互依存又相互转化的关系中，去理解"前景"与"背景"的。这比以往孤立、静态地分析文学语言的特点更有合理性。所以，对文学语言前景性的理解，不仅要理解前景性新鲜、罕见和引人注意的特点，还要理解任何前景性都是暂时的，更要理解作家独特的审美感悟是语词获得前景性的内在依据。

王文静：所以，真正的语言大师，不是在语言符号系统中可以游刃有余地组织文字或堆砌辞藻，而是那些能够将生命经验与语言表达有机结合，并对本时代的语言、本时代的文学产生积极影响的写作者。

王力平：无论是语音的音乐性还是语义的超越性、语词的前景性，它们需要以特定的语言材料为基础，但从来都不是单纯的语言现象，而必须和作家对社会生活的审美感悟联系起来，和语言表达的思想以及思想的表情、情感内容和情感的色彩联系起来。只有这样，所谓语音的音乐性、语义的超越性以及语词的前景性，才不会成为无源之水、无本之木。

王文静：刚才谈到文学语言在语音、语义、语词方面的审美特点以及它们与作家作品思想情感内容之间的关系。可以说，这是文学语言的审美特征，或文学对语言的要求。那么，新的问题是，应该如何理解文学语言与普通语言的关系呢？

王力平：文学语言并不是独立于普通语言之外的东西。穆卡洛夫斯基关于"前景""背景"的观点，已经涉及这一点。韦勒克和沃伦在《文学理论》中也明确指出："文学与非文学的语言用法之间的区别是流动性的，没有绝对的界限。"事实是，在种类繁多的非文学文本和日常语言中，同样可以表现出文学语言的某些特点。同时，在文学作品中，也并不是所有的语句言辞，都无一例外地表现出语音的音乐性、语义的超越性和语词的前景性。就算是对韵律的音乐性要求最高的格律诗，也讲究"一三五不论，二四六分明"。归根结底，文学语言不过是普通语言在艺术活动中的运用，因而任何试图把它们截然分割开来，或者绝对对立起来的做法都是错误的。

王文静：您认为文学语言是否具有时代性？这种时代性是受政治话语、意识形态的影响更多，还是受民族文化精神和大众文化需求的影响更多？

王力平：文学语言的时代性、历史性是显而易见的。中国小说就经历过从文言小说到白话小说的变化。新文学初期，受到翻译小说的影响，中国小说也经历过语言欧化的阶段。至于这种时代性是受政治话语、意识形态的影响更多，还是受民族和大众文化发展的影响更多，我觉得，重要的不是谁的影响更大，而是这些影响以什么方式发生。一般来说，无论是政治话语、意识形态观念，还是民族传统文化精神和大众文化需求，都可能在短时间里，以非文学语言的形式，以直接介入的方式，显现出自己的影响力，但这种影响一般是难以持续的。事物之间的普遍联系和相互影响是必然的，但这种联系和影响总是通过特定的中间环节实现的。在文学创作中，这个中间环节，就是作家的审美心理图式。换句话说，不管是政治立场、经济利益，道德观念、宗教情怀，还是民族文化传统的复杂内涵以及社会大众现实的、当下的文化诉求，都必须通过作家审美心理图式的建构过程，内化为作家的审美意识。当这一切最后表现为作家作品的语言风格选择时，其实无法区分，也不必区分哪个影响多一点儿，哪个影响少一点儿。

王文静：小说家李锐曾与王尧就现代汉语的写作有过一个访谈。在访谈中，李锐谈到了文学创作中的语言自觉问题。他认为，从五四新文化运动白话文取代文言文之后，"语言腔调、生命感觉、叙述节奏、论述主题与方法，全照外国的东西来，或者变成历史的渣滓，或者变成别人的翻版"，并且，他把汉语语言的主体性匮乏看作中国文学创作的主要困境。您怎么看待文学语言与本土文化的关系？

王力平：我没有看到李锐和王尧的访谈。客观地说，中国现当代文学在某些时段、某些创作思潮中，的确存在李锐所说的问题。但这不是单纯的语言问题，"汉语语言的主体性匮乏"，有时是更深层问题的表现形式，是政治、经济和社会文化问题的直接后果或间接后果。虽然语言是思想的直接现实，但思想上的问题，不能简单地把板子打在语言的身上。

理想的文学语言和本民族的普通语言是一体的。文学语言是民族语言在艺术活动中的应用，它本身就是本土文化的重要内容。所谓文学语言研究，就是要认识和发掘汉语在文学场景中的种种潜能，探索和创造语言形象塑造的更多可能性。从理论上说，这种可能性是无限的。它包括因为应用在文学创作中，语言会呈现哪些审美特征——应该不会只是语音的音乐性、语义的超越性和语词的前景性；也包括因为以语言为媒介，文学形象的塑造会有哪些独到的优势和可能性。

二、以语言为媒介的文学叙事

王文静：如您所说，以语言为媒介，会给文学形象的塑造带来不同于其他艺术样式的可能性；还有刚才谈到的文学语言在语音、语义、语词方面的审美特点，这既是汉语的潜能，也是文学形象塑造的可能性，更是文学理论批评应当精研深究的地方。

王力平：讨论文学语言，目的是讨论文学形象塑造，一个成熟的作家应该具有不断探寻和发掘汉语潜能的自觉意识。事实上，从语言的角度去认识文学形象的审美特征，是文学研究中一个历史久远、积淀深厚的领域。比如，基于对语言线性特征的理解，莱辛说："动作（情节）是诗所特有的题材。"也是在这个基础上，黑格尔进一步指出："动作，由于起源于心灵，也只有在心灵性的表现即语言中才获得最大限度的清晰和明确。"还是围绕着这个问题，福斯特指出："虽然情节中也有时间顺序，但却被因果关系所掩盖。"在中国传统文论中，同样是基于对语言线性特征的认知，刘勰指出："启行之辞，逆萌中篇之意；绝笔之言，追媵前句之旨。"从理解语言的线性特征入手，引发了对行动描写、情节刻画、心灵呈现、思想表达以及悬念、伏笔等文学叙事策略的深入思考。

王文静：在中国古代文论中，"意境"作为审美范畴，深得儒释道三家学说的滋养，成为中华民族美学表达的独特范式。中国古代诗学甚至把意境作为创作的最高追求。王昌龄在《诗格》中讲到的诗之三境，第一是"得其神似"的物境，第二是"深得其情"的情境，第三是"得其真矣"的意境。在您看来，文学善于营造意境与汉语作为表意体系的语言二者之间的关系是什么？

王力平：严格地说，汉语是表意、表音兼备的语言。在我看来，中国文学的意境营造，并不是汉语表意特征的直接后果。如果要寻找它的语言学基础，应当更多地关注语义与语境的关系。从某种意义上说，意境营造的过程，就是追求和实现文学语言语义超越性的过程。而语义的超越性，只能在特定的人物关系和具体的艺术情境中实现。此外，文学创作中的意境营造，其更为直接的美学渊源是诗学传统。广义的意境营造，并不排除小说和散文创作。但狭义的意境营造，几乎就是诗歌艺术的核心价值所在。

王文静：20世纪80年代，象征着精神突围的先锋文学成为当代小说实验群体的重要实践，形式革命和语言实验成为其重要的审美表征，语言的过剩成为鲜明的阅读体验。比如以第一人称"我"为视点的恣肆的表达欲望，马原在《虚构》中说"我就是那个叫马原的汉人"，苏童在《一九三四年的逃亡》中则说"我不叫苏童"，充满自我性的叙事视角在语言的重组中被重视和放大。孙甘露在《信使之函》中更是放弃了叙事的故事性，大量"信是……"在语言的游戏中让叙事的能指化走向了极端。从语言和思维的关系出发，您怎么看待小说语言中的暴力美学？

王力平：多年以前，我曾用"头足倒置的世界"来概括和描述你所说的形式革命和语言实验。这种"革命"和"实验"的教训是，观念层面上的形式借鉴，很难替代基于作家对社会生活审美感悟的形式创造。而它积极的一面,在于形式的自觉,主要是表现为某种语言形式的叙事策略。比如以第一人称为标识的限知视角叙事;比如以"我"为叙述对象的第一人称叙事;比如在叙述暴力、杀戮和死亡时,采取"零度叙事"方法,屏蔽语言修辞的感情色彩;等等。这些叙事策略的密集运用,的确给人一种形式革命和语言实验的印象。但它不是一个单纯的炫技问题,一种文学思潮的形成,从来都不是由个人动机推动的,也绝非单纯的炫技冲动的结果。在先锋文学专注语言形式的背后,往往隐含着借助情节架空、叙事空缺、人物符号化等抽象手段,实现对现实的淡化、疏离甚至是逃避的意图或判断。

王文静:先锋文学最终经历了一个逐渐退出人们视野的过程。以格非为例,后来他的《江南三部曲》回归了传统的小说叙事笔调,更多的生命经验出于其中。如果从语言的角度来分析,先锋文学的式微是否与这种语言实验缺少足够的本土经验作为内在支撑相关?

王力平:面对一种文学思潮的潮起潮落,大体上可以作这样的概述。但是,这种概述多半是一种远望中的风景。在具体的观察分析中,确有先锋作家在回归故事,但其实回归故事的作家并非简单地回归了传统写法。同样,作为一种文学思潮,先锋文学的确存在本土经验缺失的问题,但其实并非每一个先锋文学的弄潮儿都是缺少本土经验的。我说过,先锋文学积极的一面是形式的自觉,是以语言形式为表征的叙事策略的自觉。但如果仅仅从语言、从形式的角度去理解这种自觉,其实是难以深入的，因为从来都没有单纯的语言形式。

王文静：在文学创作的语境下谈语言，常常会把语言的范畴限制在"行文""表达"的层面，把语言风格、语言特点当作考察作品语言的全部。一提到语言，能想到的不外乎朴实自然、含蓄蕴藉、幽默风趣等评价性词汇。但是，正如汪曾祺在哈佛大学演讲中所说，"写小说就是写语言"，语言作为文学创作的基本元素，可以说是"潜藏"在作品的各个角落，无处不在。比如艾特玛托夫的《白轮船》，最先打动读者的可能是辽阔神秘的森林河流、神圣的图腾和神话故事，然后是那个七岁小男孩的可爱和可悲，最后则是在神话、幻想和现实中的人与自然、善与恶的关系，而所有这一切——景色、人物、故事、哲理，无一不是语言艺术的成果。您是否注意到这二者之间的落差？如何理解这个"落差"？是有一种狭义的，只配用朴实自然、幽默风趣去讨论的"语言"，而另有一种广义的，关联着景色、人物、故事和哲理的"语言"吗？或者，只有一种"语言"，只是我们把"语言"当成了"小透明"，把原本属于"语言"的勋章，挂在了景色、人物、故事和哲理的胸前。

王力平：这两个选择，在我看来无可无不可。就算你把"语言"做了广义、狭义的区分，广义的"语言"仍然是个"小透明"。问题不在这里。你应该留意一下，当你用朴实自然、幽默风趣谈论语言的时候，你是从读者的角度去观察、体会和判断的。当你说语言无处不在，"写小说就是写语言"的时候，你是从作者的角度去观察、体会和判断的。砍柴的人会关心斧子是否锋利，烧柴的人只关心柴火是否干燥、是否耐烧。

从批评的角度看，初学写作的人，会顾虑无话可说，所以会关心自己的词汇量大小，使用了多少种修辞手法，甚至会熟记箴言警句。学有所成的人，会担心词不达意、语不惊人，所以会关心在纷繁思绪中寻找重点，在众多语言风格和修辞手法中选择最能抵达目标、最能引人入胜的一个，甚至会模仿和追随时尚和思潮。真正成熟的作家，会关心自己的感受与流行观念的差异，所以会谨慎地选择文字、锤炼语言，会反复修改自己的描写、叙述以及人物的对话，使其尽可能完美地呈现审美感悟的独特性。甚至，为了避免读者在不经意间滑向流行观念，有人会牺牲语言的流畅性，增加阅读的迟滞感，以获得布莱希特所谓"间离效果"。当然，有人学了皮毛去，用艰涩的语言去表达一些流行的观念，就另当别论。

从这种语言的荆棘丛里走过来的人，自然不会视语言为"小透明"。事实上，在文学世界里，语言从来就不是作家与描写对象之间的"小透明"。一个词、一个句子，不会因为语言形音义之间约定俗成的关系，就天然地具备了抵达作家思情意绪的能力。所以，任何一个词、一个句子，都需要反复斟酌、推敲和选择，而斟酌、推敲和选择，在完成彰显某个意义的同时，也意味着对其他意义的舍弃和遮蔽。批评的任务，就是要指出作家彰显了什么、为什么要彰显以及如何实现这种彰显；或者相反，指出作家遮蔽了什么、为什么要遮蔽以及如何实现这种遮蔽。概括地说，就是回答写什么和怎么写的问题。如果一定要用"透明"这个词来称赞一部作品语言的准确,那么,这种"透明"是反复校准、研磨、擦拭的结果。

王文静:在小说语言的观察和评价中,还有一种误区,就是容易把叙述语言作为"语言"看待,而把人物语言放在形象塑造里去讨论。前者比如《故乡》的开头:"远近横着几个萧索的荒村,没有一些活气。"人们习惯由此展开鲁迅小说的语言研究。后者如《骆驼祥子》里高妈劝祥子放利钱,方太太劝祥子存折子的精彩对话,人们称赞它的往往是人物形象呼之欲出。这种区别对待合理吗?

王力平:文学语言是塑造文学形象的,人物语言对于文学形象塑造具有毋庸置疑的重要作用。比如通过人物语言刻画人物性格和角色身份,比如通过人物语言推动情节发展,比如通过人物语言烘托氛围、营造情景。再延展开来,通过人物的眼睛去看人、看景,用人物的内心语言写人、写景,等等。人物语言毫无疑问是文学语言的重要组成部分,从这个角度看,在批评实践中,以轻慢的态度将人物语言排除在文学语言研究视域之外,显然是不合理的。但在我看来,更严重的问题,是创作实践中对叙述语言、描写语言和人物语言不加区分的情形,通篇一个口吻、始终一副腔调。当然,不排除其中有翻译作品的消极影响。

从语言艺术的角度看,作品的叙述语言、描写语言是作品叙述者的语言,在多数情况下就是作者的语言。而人物语言,顾名思义是作品中的人物的语言。明末清初戏剧评论家李渔主张："说一人肖一人，勿使雷同。"写好人物语言，要先代人物立心，而后代人物立言。切忌不加区分地千人一腔，也包括以作家的声腔替人物发声立言。

王文静：一部小说在语言风格上表现出雄浑的气质，固然与语言的庄严豁朗分不开，但与其他文学要素的关系是什么呢？雨果的《九三年》写的是法国资产阶级革命时期两种政治力量的殊死决战，罗曼·罗兰的《约翰·克利斯朵夫》写出了一个具有崇高心灵的音乐家与庸俗环境对抗的过程中从黑暗到光明的历程。语言的运用和美学特征，与创作题材之间是否存在同构关系呢？

王力平：一般来说，作品的语言风格与题材内容之间存在同构关系。古人在谈到苏轼词与柳永词的差异时曾说："柳郎中词，只合十七八女郎，执红牙板，歌杨柳岸晓风残月。学士词，须关西大汉，铜琵琶，铁绰板，唱大江东去。"它形象地道出了语言风格与题材内容之间的关系。

不过，对这种同构关系，不宜理解得过于机械生硬。一部作品语言风格的形成和选择，题材内容是影响因素，作家的性格气质、文化素养、审美趣味也是影响因素。甚至地域文化传统、社会审美风尚，都会发挥影响作用。总之，它们之间是审美风格的求同存异、融合协调，不是一对一的线性因果关系。

王文静：在语言风格和题材内容、文学地理、文学流派之间，始终存在一种剪不断、理还乱的关联性。比如阿来笔下的藏地风情，迟子建的东北极地生命体验，这些既是他们特殊的创作内容，同时也构成他们独特的语言风格。反过来，不同的语言风格也将成为读者检索作家或文学流派的关键词。一个优秀作家在语言风格上的个性化艺术追求是必不可少的。那么，影响作家语言风格形成的，是文学地理的民俗风习、文学流派的艺术主张与追求等外部因素的塑造，还是作家的题材主题、价值观念、思想结构、教育背景、知识结构以及审美趣味等内在因素的制约？或者说，谁的影响居于主导地位？

王力平：刚才说过，一部作品语言风格的形成，不是一对一的线性因果关系，而是复杂因素融合协调、综合作用的结果。一个作家语言风格的形成也是如此，不再多说。值得提出来讨论的，是文学地理对作家语言风格的影响，主要是文学作品中的方言问题。

从根本上说，方言问题是普通语言向文学语言转化的问题。它和文学作品能不能有政论性语言、能不能有技术性语言是同一性质的问题。所以结论并不复杂：可以用，但不可滥用。可以用，因为方言的使用，可以不露痕迹地将地域文化风情引入到作品中，使故事情节、人物关系和命运获得人文地理的具体性，可以强化日常生活的现场感、真实感和代入感。不可滥用，因为方言自带地域性局限。而文学形象塑造的根本目的，是思想情感的表达、沟通、理解。在这里，世界性是核心诉求。

王文静：从五四新文化运动"八不主义"和白话文登场，到20世纪二三十年代之交从"文学革命"到"革命文学"的大众文艺；从解放区文学、"十七年"文学对民间修辞的弘扬，到 80 年代知识分子话语回归后朦胧诗、先锋文学兴起，再到 90 年代通俗文学、类型文学的流行，语言不仅是塑造文学形象的媒介，甚至成为时代更迭的风向标。在国际化、全球化的今天，移动互联网时代，面对网络文学天马行空的小说题材、平台日更的发表模式、粉丝互动的交流机制、直白浅显的叙述风格，语言在其中的积极意义是什么？

王力平：尽管现状尚不如人意，但网络文学的发展，不是为了给平庸的、粗糙的、口水化的语言现实提供合理性，更不是为了开辟语言的俗鄙时代。我们一直说，文学语言是普通语言、日常语言在艺术活动中应用。普通语言、日常语言中并不缺少口水化的、粗糙的乃至俗鄙的表达。这些因素虽是日常语言中难以消除和避免的，但同时也是民族语言健康发展所要克服和超越的。人们经常赞叹莎士比亚对英语的贡献，感叹普希金对俄语的影响，表明文学语言对普通语言、日常语言朝向优美化、标准化的提升，负有历史性的责任。汉语的发展，除了汉民族日常生活的泥土培育，还承受了《诗经》、先秦诸子散文、《楚辞》、汉赋、唐诗、宋词和明清小说的雨露滋润。五四白话文运动的历史贡献，是把话语权归还给大众，而不是中断和抛弃汉语发展的优秀传统。百年来，随着教育普及和全民文化素养的不断提高，中国现当代文学已经为推动这个伟大传统的健康发展做出了重要贡献，并因此成为这个优秀传统的一个组成部分。网络文学创作当然不能自外于这个传统。

王文静：2022 年年初，余华的小说《文城》登上 2021 年收获文学榜。莫言在颁奖现场坦言，给余华的颁奖辞几天都想不出来，于是找了个博士生，用ChatGPT输入"活着""拔牙""文城"三个关键词，"瞬间就生成了一篇莎士比亚风格的一千多字的赞语"。在人工智能迅猛发展的背景下，颁奖辞、小型剧本甚至诗歌、散文、小说都可以被"生产"。您怎么看待人工智能技术和文学语言的关系？

王力平：对这项人工智能技术，我注定是不会弄明白的。以我粗浅的，必定包含着许多误解的认知来看，人工智能技术可以完成文献资料的大规模检索和广泛收集；并且，能够按照系统给定的逻辑，或参照文献自身的逻辑，完成信息筛选、组合，生成新的文本并进行一定程度的文字润色。要知道，人类的许多文字工作，所谓皓首穷经，案牍劳形，所做的不过就是这些。

但如果要把这项技术和文学语言放在一起讨论，我觉得它们恰恰是两股道上跑的车，走的不是一条路。在底层逻辑上，计算机技术是理性的、标准化的，而文学语言的内在依据是作家对社会生活独特的审美感悟，它是独属于作家自己的情感经验和主体意识，是感性的、个性化的。也就是说，人工智能技术越完善、能力越强大，它就越是写不出真正具有审美价值的文学语言，它离开文学语言就越远。从人工智能软件目前的诗作水平来看，大概可以替代一个不思进取的三流诗人，却比不上一个有文学情怀的初学写作者。

言意之辨：重新审视小说结构的几个问题

王文静：力平老师好！今天我们聊聊小说创作的结构问题。"结构"作为动词时，贯穿于作家创作的全过程，是表达作者思想认知，处理和选择题材、人物等要素乃至显露其审美取向和文学风格的创作行为；作为名词时，它表现为接受美学视角下的阅读对象或路径，读者在作品结构的引导下解开文本的诸多奥秘。并且，在公共语境中，"结构"是一个被名词化的文学要素范畴——一个漫无边际的范畴：当我们在文学创作的前提下来谈结构时，它既可以是我们常常默认的叙事结构，也可以是表意层面的语言模式，还可以是文本背后的文化结构、思想结构。在您的理论坐标中，"结构"是一个什么样的存在？您更看重它的动词意义还是名词意义？

王力平：其实无所谓更看重哪个。我们的话题是小说结构。所以，"结构"作为动词，是作家的创作活动；作为名词，是创作活动的结果。耕耘与收获，孰轻孰重？之所以觉得它漫无边际、无从谈起，是因为它是宏大的，也是细微的。所以，对

"结构"的言说，需要一点儿结构意识。换句话说，需要从不同的层次、不同的角度去考察和理解它。

一、结构是要素间的关系

王文静：理论视角的选择，往往就是理论重心的呈现。您更倾向于把"结构"理解为一个过程，还是一种形态？

王力平：我把"结构"理解为作品要素间的关系，也可以更通俗地理解为"文章做法"。前者似乎偏于名词，后者更像是动词。古人说"起承转合"，所描述的就是文章要素间的关系，也是对"文章做法"、对"结构"的最基础、最朴素的阐释。

王文静：和"起承转合"相匹配的，还有"凤头猪肚豹尾"。前者讲要素间的关系，后者讲要素的审美要求和特征。这里有个问题，在作品要素之间，建立起特定结构关系的基础和依据是什么？

王力平：这是一个好问题。古代文论思想有许多感悟性的东西，只有通过建设性的质疑，才能推进其理论化、系统化建设。

"起承转合"的结构模式，是对文章结构关系的一般性概括；是按照大概率原则，把一个事件切分为开头、发展、结尾三个阶段，并适当考虑"发展"阶段的曲折性和复杂性，以胜任叙事、说理对完整性和复杂性的基本要求。它可以算作"文章做法"的通识，但绝非铁律。事实上，一部文学作品的结构，远非"起承转合"四个字所能概括。要素间的结构关系不仅是多层次的，更是多样化的。因果、并列、递进、对立、排中、转化、依存、虚实、疏密、点面等关联形式，都可以构成要素间的结构关系。从根本上说，作品要素间结构关系的构建，取决于作家对现实关系的理解和认知。作品中的结构关系是现实关系的审美反映，结构关系与现实关系之间，存在"异质同构"的特点，就像清人毛宗岗所说的："观天地古今自然之文，可以悟作文者结构之法。"毛宗岗的话，揭示了文学作品中要素间结构关系的现实性，或许可以回答你的问题。

王文静：把"结构之法"与"天地古今自然之文"联系起来，可以很好地说明结构关系的现实性。但会不会因此导致对文学结构的机械理解，成为结构关系单一和僵化模式的遁词？

王力平："结构之法"与"天地古今自然之文"的联系，是在意识与存在的关系层面，回答"源"与"流"的问题。对结构关系的现实性，不能机械理解。事实上，人与自然界、人与人的现实关系以及社会思潮、审美意识，都是历史形成的，相对于具体作家作品的审美创造，都具有客观的和历史的属性。在这个复杂的审美意识的建构过程中，每个作家对现实关系的认知存在着不同视角、不同层次、不同价值取向和审美趣味的差异性，这本身就是结构关系现实性的一部分。观念有新旧，见识有深浅，体现在作品结构关系的建构上，也有先锋与因袭、新锐与陈腐、深邃与浅薄的差异。

王文静：作家对现实关系认知上的差异性，可以构成作品结构关系多样性的基础和依据。除此以外，在作品徐徐展开的叙事过程中，大大小小的结构关系与作品的叙事目的之间，同样存在不可忽视的联系。

王力平：不错。"结构之法"与"天地古今自然之文"的联系，是回答结构关系的现实性问题；与作家差异化的观察、认知视角的联系，是回答审美意识和作品风格个性化的问题；与叙事目的的联系，可以回答不同层次的结构关系在文学叙事中的统一性问题。

在不同作品之间，我们可以考察结构形式的多样性。比如不同文体有不同的结构特点；比如长、中、短篇小说不仅仅是篇幅长短的区别，更是结构特点和结构方式的差异。但就同一部作品来说，就必须关注不同层次结构关系的统一性问题。从文体的角度看，有义理、考据、辞章的相辅相成，有语词搭配、句段呼应和篇章结构。从作品内容的角度看，有情节结构——情节发展的不同阶段以及主线与副线的关系；有性格结构——典型性格与典型环境的关系；有语言结构——人物语言与性格、身份、环境的关系，叙述语言中不同视角、语调和节奏的选择、变换；有心理结构——人物心理内容与行为、环境的关系；等等。当然，也包括你刚才谈到的文本背后的思想、文化结构。可以说，不同层次的结构关系弥漫和渗透于文学叙事的各个环节和角落。也因此，发生和存在于各个环节和角落的结构关系，都必须统一于整体的文学叙事目的。

二、结构是形式与内容的统一

王文静：在具体的批评实践中，我们常常把小说在情节推进中的叙事策略概括为"单线结构""复线结构""网状结构""箱式结构""链式结构"等。我记得2021年您在《小说评论》发表了一篇对长篇小说《有生》的评论，就是从"超限"视角和"伞状"结构两个切入点对作品展开的文本分析，可见"结构"在很多时候都是叙事的代名词。实际上，就小说审美结构的不同层次而言，情节结构处于中间层。在情节结构之上，有"语言"这个更直观、更外在的表层结构，在情节结构之下，还有历史人文和哲学意味等更深刻、更内在的结构。那么，是什么造成了我们关于结构与叙事的联想依赖？是中国文学创作的故事传统吗？这种联想会不会导致结构的意义被窄化为单纯的外在形式？

王力平：即使在那些淡化故事的小说文本中，结构与叙事也是紧密相关的，因为结构的过程其实就是叙事的过程。结构是具体叙事过程的结构，叙事是特定结构关系中的叙事，结构绝非单纯的外在形式。

换一个角度看，按照你刚才对审美结构的划分办法，把一个叙事文本理解为语言、叙事和意味三个层次，那么，叙事居于枢纽位置，语言是叙事的工具，意味是叙事的目的。换言之，没有离开语言的叙事，也没有毫无意味的语言叙事，把结构和叙事关联在一起不难理解，但把结构窄化为单纯的外在形式则是深深的误解。从根本上说，结构是形式与内容的统一。

王文静：刘勰在《文心雕龙》中描述文学结构时，也注意到这种统一性："何谓附会？谓总文理，统首尾，定与夺，合涯际，弥纶一篇，使杂而不越者也；若筑室之须基构，裁衣之待缝缉矣。"其中的"附"即"附辞"，使文辞紧密附着于文意，是对表现形式的处理；而"会"即"会义"，是把文意会合成一个整体，显然是对内容方面的描述。如您所言，结构是形式与内容的统一。它既是外在的文学表现形式，也是作家对客观世界的主观性认知、对规律的探索指认，彰显了作家的思想能量和审美倾向。因此，从文学作品构成论的角度，单纯以文学形式来观察结构显然失之偏颇。如何理解结构是文学作品形式和内容的统一？

王力平：在讨论结构关系的现实性时，我们曾谈到作品的结构关系折射着作家对现实关系的认知和理解，是现实关系的审美反映。正是作品结构关系的现实性，决定了结构是形式与内容的统一。金圣叹说："不写高俅，便写一百八人，则是乱自下生；不写一百八人，先写高俅，则是乱自上作也。"金圣叹所言，既是在说《水浒传》以高俅发迹开篇的结构形式，也是在说《水浒传》"乱自上作"的精义要旨。再比如，在元稹的传奇小说《莺莺传》中，张生与崔莺莺的人物关系是基于"女色祸水"观念的"始乱终弃"。而在王实甫的杂剧《西厢记》中，两个人物的关系则是从"相会"到"离别"再到"团圆"，主旨是"愿普天下有情的都成了眷属"。两种不同的结构形式，同时就是两种不同的审美内涵和思想倾向。

王文静：刘勰在谈到"附辞""会义"的统一性时，以"筑室之须基构"来比拟；李渔在《闲情偶寄》中以专章讨论"结构"，认为结构如同"工师之建宅"，"基址初平，间架未立，先筹何处建厅，何方开户"。从建筑结构到文学结构，您怎么理解它们之间的关联性？

王力平："结构"原本是建筑学的概念，指建筑构件之间的系统性联结，引申运用到文艺创作论中，意在揭示文学作品要素间的系统性联系。在古代文论中，结构意识的出现要早于结构概念的使用。在《文心雕龙》中，结构思想分别体现在《熔裁》《章句》《附会》等篇章中。建筑学的结构意识对文学结构意识的自觉，具有积极的、正面的影响。但是，建筑结构的观念不能代替对文学结构的认识，因为文学具有不同于建筑的情感内涵和意识形态属性。

王文静：建筑结构是可以复制的。有经验的建筑工人可以按照已有的建筑图纸，复原一座新的建筑且不影响其使用价值。但在文学创作中，完全依赖或者套用前人的文学结构，则意味着作者在模仿或挪用他人对世界的思考和认知。事实上，即使考虑到文学结构形式具备一定的稳定性和继承性，从而为类型化写作提供了可能，但是，要想在新的创作中，不走样地套用另一部作品的结构形式，也是不可能的。

王力平：文学结构之所以不能像建筑结构那样机械复制，

根本原因在于，文学结构不仅仅是要素间的系统性联系，更是内容与形式的统一。事实上，即使在类型化写作中，作家也需要表达自己对世界的理解，对生命的感悟，因而对以往的观念和模式有所突破、有所创新，同样是作家孜孜以求的。

王文静：小说作为作家关于世界的文学性体验，其作品的内容自然是反映社会历史的重要途径。比如迟子建对温暖湿润的人间烟火气的偏爱，聚焦平凡庸常的普通人生活，表现他们的婚丧嫁娶、衣食住行成为她的作品特征。池莉也写市民生活和凡俗人生，但她笔下的生存境遇更加无奈，世俗化、实用主义对人的挤压跃然纸上。可见同样的题材以不同的思想切入，以不同的结构形式塑造，所反映的生活、抒发的情感有可能是南辕北辙的。可见，作为形式的文学结构不是与思想感情毫无关系的存在。那么，是否可以这样说：不仅文学作品的内容在反映生活，其形式也在反映着生活？

王力平：其实，我更愿意先把你谈到的"内容"和"形式"理解为一个整体。对这个整体，可以用传统的概念称其为"文学形象"；也可以用新派的术语，称其为"文学叙事"或者"文本结构"，而后再去讨论它与现实的关系。在我看来，形式与内容，它们不是各自为战、兵分两路去反映生活的。这里涉及一个如何表现作家倾向性和作品思想性的问题。我们常说，作家的倾向性、作品的思想性不能直白地喊出来，不能让人物，更不能由作者直接说出来，而应该在情节的发展中自然流露出来。就像恩格斯说的："作者的见解愈隐蔽，对艺术作品来说就愈好。"如何把倾向性隐蔽起来？如何在文学作品中，让思想性呈现为艺术性？其实，解决之道就在不同层次的结构关系中。找到这个特定的结构关系，就找到了具体作品思想性的艺术表达形式。这个时候，形式就是内容。

王文静：汪曾祺在《小说笔谈》中谈到结构的精义是"随便"。他不主张把小说结构归纳为公式或者原理，认为结构没有一定之规，"有多少篇小说就有多少种结构方法"。他的小说既有《大淖记事》这样的风土人情和人物塑造，也有意识流、时空交错等不同的结构手段。是否可以把结构的创新视为作家思想风格以及想象力、创造力的重要标识？

王力平：《文心雕龙·章句》载："夫人之立言，因字而生句，积句而成章，积章而成篇。"如果说文学结构是多层次的，那刘勰这里描述的是一个三级结构。"因字生句"是字、词、句，是最基础的结构关系；"积句成章"是段落，是章节，是人物性格特征和情节发展的不同阶段；"积章成篇"是全文，是艺术形象塑造的整体系统。其中，"因字生句"是最基础的，语言的结构关系也是最稳定的，是"无规矩不成方圆"的所在；"积句成章"居中，其结构关系可以不拘成法，但须遵守基本的叙事逻辑；而最高层次的"积章成篇"，则不妨如汪曾祺所言："随便。"所以，创新固然是想象力、创造力丰沛的标志，但面对不同的对象，其实有不同的分寸。

王文静：童庆炳把文学作品审美结构分为浅层结构和深层结构，其中浅层结构包括"语言—结构"层和艺术形象层，深层结构包括历史人文内容层和哲学意味层。按照他的分类，每个层次都有典型的文学作品来佐证。而经典作品则能够实现几个层面的重合。随着文化研究对文学理论的渗透，文学结构研究特别是长篇小说的结构研究似乎也存在一条隐形的鄙视链：历史人文和哲学意味的解读就比语言结构和艺术形象更重要，而语言结构和艺术形象的分析最终都指向意义，都为一个既定的主题服务。这是否会陷入重内容、轻形式的陷阱？

王力平：童庆炳先生关于浅层结构与深层结构的划分，还保留着传统文艺理论划分思想内容与艺术形式的思维痕迹。而他对"语言—结构"层和艺术形象层、历史人文内容层和哲学意味层的进一步划分，则显示对形式与内容互藏其宅的性质，有了更深的理解。从理论上说，形式与内容并没有孰轻孰重的问题，一切对形式自身丰富性的展开，都是对内容自身复杂性的揭示。所以，重内容、轻形式，或者相反，重形式、轻内容，是一个实践问题而非理论问题。从文学发展的历史实践来看，"质胜文"或者"文胜质"的问题屡见不鲜。解决之道，就以童庆炳先生的划分而言，不是隔断浅层结构与深层结构的联系，隔断语言、艺术形象与历史人文内容和哲学意味的联系，相反，是在理论和实践中，始终坚持它们之间密不可分的有机联系。实际上，不懂内容，固然不会懂得形式；而不懂形式，也不会真正懂得内容。

三、创作实践中的结构理论问题

王文静：从五四新文化运动开始，"科学"作为一个强大的时代标签，在意识形态领域获得了强大的话语权。古代文论的范畴和思维方式渐渐边缘化，西方文论的概念和理论、思潮和主义开始走到舞台中心。20世纪80年代，随着西方文论的涌入，俄国形式主义、结构主义、新批评等思想理论让文学的结构研究产生了浓重的"舶来"意味。受形式主义理论影响，对文学进行修辞学式的内部研究成为理论批评研究在结构上的发力点，先锋小说对于语言经验、叙事变奏、寓言化的探索，显示出结构对于文学性举足轻重的作用。

王力平：随着西方哲学发生语言学转向，结构主义、形式主义文论勃然而起。西风东渐，结构主义理论的传播，拓宽了中国当代文学的理论视野，深化了理论批评对叙事艺术内在丰富性的研究，但同时也带来一些批评视野的"死角"。我们在讨论叙事理论时曾谈到，结构主义文论是限于文本的"功能—结构"研究，它把文本视为一个系统，讨论不同要素在系统中的不同功能，讨论建立在功能基础上的结构关系。但这种理论在批评实践中是自带盲区的。首先，它试图把情节、人物等要素在系统中的功能，以及它们之间的结构关系抽象为一种固定模式，并坚信它可以适用于不同的叙事作品。其次，它粗暴地切断了文本系统与更为广阔的社会历史系统的联系，切断了文本的结构关系与社会现实关系的联系，这就让批评陷入琐碎、庸俗，也让理论从根本上失去了生机活力。

王文静：所以，这又回到了一个"本质主义"和"关系主义"之争的问题。"写什么"是一个覆盖多个领域和学科的共性问题，而"怎么写"更加凸显其学科和艺术门类的特征。所以在俄国形式主义、新批评派和结构主义的理论家看来，只有文学内部的特征才是文学自身的、本质的问题，于是以语言结构——语音、格律、文体、象征、叙事模式为代表的文学形式成为文学研究的对象。事实上，正如文学不可能存在一种固定不变的本质一样，没有凝固不动的文学形式，也不会存在一个放之四海而皆准的完美结构。从这个角度上说，关系主义对本质主义是一个非常有效的补充，文学在面对和呈现社会历史面貌的时候不可能对其他领域缄口不言。您提到结构的本质是处理文学作品内部各要素的关系，是否可以照此推论，文学创作在表层的叙事结构之下，与历史、社会、心理学等文学外部的关系也是文学作品在历史人文层面的结构体现？

王力平：其实，所谓本质，不过是事物在特定关系中呈现出的特定属性。所谓认识事物的本质，就是具体地把握事物在特定现实关系、特定历史环境中的属性。形式主义诗学理论强调"文学性"的概念，其思维的三段论是：文学性是文学所独有的，文学是语言的艺术，所以，文学性就在于语言本身。这个三段论有显见的片面性，但片面也可以有其深刻处。它有助于我们深入地理解和展开语言作为文学媒介的内在丰富性，促进了当代文学理论批评关于叙事视角的研究,也推动了对"形式"的正名。当然,相比许多作家在读过西方现代派和拉美文学作品后,都曾有"原来小说还可以这样写"的启发和感叹,却鲜见有人钟情于结构主义文论家心心念念的叙事模式。试问在当代文学创作实践中,有谁在意普罗普的文学人物三十一种功能?又有谁是自觉遵循格雷马斯关于文学人物六种功能以及三组关联性的模式,去结构自己的作品?

王文静:无论从小说所承载的深厚的历史内涵来说,还是仅就文本中众多的人物、复杂的情节而言,长篇小说的结构艺术决定了小说各要素之间的有机性,决定了这些要素是形成一致的表达合力还是在相互牵绊和撕扯中走向反面。某种意义上说,让众多复杂元素实现结构的统一性和完整性,并在此基础上有所创新,是长篇创作成功的关键。相比之下,短篇小说在情节和人物命运的复杂性方面并不突出,因此短篇小说的结构艺术更多体现在语言和叙事层面。您怎么看结构艺术在长篇小说和短篇小说中的不同表现?结构的意义和作品的体量之间,存在正相关的关系吗?

王力平:如你所说,相对于长篇小说结构的完整性和复杂性,短篇小说的结构艺术有自己的特点。从不同体裁样式的审美要求来看,长篇、中篇和短篇各有自己的艺术着眼点,并因此带来相应的结构特征。作家铁凝曾说过:"当我写作长篇小说时,我经常想到的两个字是'命运';当我写作中篇小说时,我经常想到的两个字是'故事';当我写作短篇小说时,我想得最多的两个字是'景象'。"命运、故事、景象,三者之间有交叉重叠的部分,也有各自不同的侧重。不同的叙事目的,会影响和导致不同的结构要素、不同的结构关系和不同的结构特征。但麻雀虽小,五脏俱全。刘勰"因字而生句,积句而成章,积章而成篇"的三级结构,陶宗仪的"凤头猪肚豹尾",对长篇、中篇、短篇同样适用,并无偏废。从这个意义上说,小说体量的大小,长、中、短篇的不同,只会带来差异化的结构特征,并不影响小说结构意义的存废。

王文静:无论是从布局谋篇还是从人文历史意味来讲,小说结构是展现统一性、复杂性和审美性的创作行为。那么,在网络文学碎片化阅读的背景下,对动辄数千万字的网文作品和"日更三千字"的文学写作者而言,结构是否已经部分地失效?它将在何处发挥作用?

王力平:一个具有相对稳定性的结构模式、叙事模式,常常是网络文学类型化写作特别倚重的地方。如果有一天某个叙事结构模式面临失效的问题,那一定是读者厌烦所致。但文学结构是一个多层次的完整系统,这一点,网络文学也不例外。就以童庆炳先生的深、浅两层次结构来说,在网络文学创作中,不同层次的结构关系所面临的问题是不同的。首先,浅层次中的"语言结构",是当前网络文学创作较为疏忽也最为人诟病的部分。这与"日更"的压力和浏览式阅读方式有关,但却不是网络文学可以放弃文学语言审美价值的理由。其实,成熟的网络文学作家,应当有自觉的语言意识,逐步形成个性化的语言和叙事风格。其次,以人物和故事情节为主要内容的艺术形象层,无疑是网络文学类型化写作最用心、最用力的部分,也是相对于传统文学的个性化写作最受读者欢迎的部分。在这个部分,经营好作品的结构关系和叙事模式,是网络作家从来不需要想起、永远也不会忘记的事情。但同时,这里也是要求网络作家力戒油滑的地方。它表现为对现存的,特别是"爆款"结构关系和叙事模式的崇拜和迷信。须知,成也萧何败也萧何,真理向前一步就是谬误。最后,是深层结构中的历史人文内容和哲学意味,通常表现为某种时尚、热门题材、流行观念或大众普泛意识。这是类型化写作能够成立、艺术形象层面的结构关系和叙事模式能够被反复复制的原因所在。因此,它所面临的问题也与艺术形象层面相同,即对自以为驾轻就熟的热门题材、流行观念或大众普泛意识保持必要的警觉,避免因崇拜、迷信而招致反噬。

王文静:在当前具有广泛影响的非虚构写作中,虚构不再是艺术形象塑造的基本逻辑,我们不需要实验性的多义话语,也不需要对某一部西方经典作品的时间观念进行"母题式"的练习,更不必用符号、暴力、寓言、错位等眼花缭乱的结构秀为现实生活进行虚晃一枪的编排。那么,结构的重要性仅仅是讲好一个故事吗?或者再限制一下讨论的范围,在诸如乡土、工业、女性、教育等现实题材创作中,特别是在语言和叙事的层面,结构艺术有什么经验或者遗憾呢?

王力平:首先,现实题材创作并不排斥虚构,更不轻视结构艺术。其次，并非只在形式实验中，形式才有价值；也并非只有虚构的故事，才需要结构艺术。

或许，在纪实性的非虚构写作中，因为竖起了"纪实"的大旗，在直观的印象中，或者在朴素的创作思维中，作品的结构关系就应该直接等同于实际生活中的现实关系。所谓生活是怎样的，就怎样写。这其实是一个双重的误会。

第一层误会是对"纪实"的误会。我们在讨论非虚构写作时曾经谈道："在以语言为媒介的文学叙事中，没有什么纯然客观的'纪实'。作家的文学创造，从来都不是历史的客观复制或现实的机械模仿。所谓'纪实'，所谓'非虚构'，其实和'虚构'一样，都是作家完成形象塑造的方法和手段。"这里不再赘述。

第二层误会是对"结构"的误会。一部作品中，要素间的结构关系，实际上是作家对现实关系的审美认知。在这个意义上，作品的结构形式是作品思想性的艺术表达形式。在纪实性写作中轻慢和否定结构的意义，就无异于轻慢和否定纪实性作品的思想性，否认作家对现实世界的独立观察和思考。

最后，我想强调的是，对小说创作而言，把故事讲好，是一件十分重要的事。

王文静：最后一个问题。您怎么看待结构形式的创新？特别是在纯文学式微并面临尴尬的传播境遇时，您认为结构形式的创新动力是什么？

王力平：作品结构形式的创新，是以作家对社会生活新的审美感悟为前提、为基础的。这个艺术思维的过程表现为，首先是作家在以社会生活为对象的审美活动中，获得新的观察、感悟、思考和发现；其次是这种观察和思考的不断积累，激起了传达和表现的冲动和欲望；最后才是创造一种最适于表现这种新的感悟、思考和发现的语言形象，其中包括结构形式的创新。在这里，作家对两件事应有自觉意识。其一，要自觉地眼睛向下。一切新人、新事都不在观念里，而在感性的日常生活里，在人的生存与发展的现实中。单纯存在于观念中的所谓的"新"，都不会带给人真实的感动。其二，不断建构自己的审美心理定式。始终把自己禁锢在一种思维模式和观念视角中，很难对生活有新的发现、新的感悟。

值得特别关注的是，对新的人物，新的事件，新的生活方式、生存状态的观察、思考和理解；对新的现实关系、对事物新的变化及其原因的感受、发现和追问，这一切会在结构创新的过程中，转化为文学作品新的结构要素和结构关系。从这个意义上说，生活是结构创新不竭的源泉。

文学能量的辐射与转化

王文静：力平老师好！2023年3月，社交网络有个"孔乙己的长衫"梗非常火。这个出自鲁迅小说中的人物形象被比拟为知识分子的尊严、当代青年的学历，也引发了社会各界关于理想和现实、求学和就业的讨论。像朱自清笔下象征着父爱的"橘子"一样，"孔乙己的长衫"也如此自然地进入人们的日常思考之中。文学能量向更广阔的空间辐射，文学质素在生活日常中蔓延，体现出全社会文学素养和文明程度的提高，也反映出人们思考深度和方式的嬗变。因此，在文学范畴中讨论"孔乙己的长衫"是否应该脱下并不重要，更重要的是，文学已经与人们观照世界的视野相融通。

王力平："孔乙己的长衫"成为热词，的确反映了"文学能量向更广阔的空间辐射"，但这和全社会文学素养、文明程度的提高，以及思考深度和方式的嬗变关系不大。早在20世纪50年代，何其芳先生就在《阿Q正传》《红楼梦》研究中，基于"文学能量向更广阔的空间辐射"，提出了文学典型"共名说"。"共名"是不是文学典型的本质特征,学界有争议。但"共名"现象的存在,的确反映了"文学能量向更广阔的空间辐射"。其实,想一想成语典故在日常生活中的广泛应用,就知道这种"辐射"古已有之。所以,不是我要泼冷水,要论证文学发展的新趋势,"孔乙己的长衫"从面料到款式都嫌古旧了。

一、"文学+"与文学发展

王文静：当然不是只有"孔乙己的长衫"。近两年,文学在以新的呈现方式进入人们的生活中——这种"新"至少体现在两个方面：一个是在媒介发展背景下,衍生出更多的文学载体形式和场景,比如"文学脱口秀"、文学类综艺等；另一个则是,即便在传统的以文学为蓝本的改编转化视角下,文学的地位、文学的意义以及文学的能量也在悄然发生着变化。2022年年末,根据刘慈欣的长篇小说《三体》改编的动画和电视剧相继开播,"《三体》热"成为继原著问世之后的又一次传播浪潮,"科幻"成为标注时代文化的关键词之一。可见,文学再也不是传统的改编环节中的起点,而是在与媒介、大众和其他各艺术门类的适应和匹配中为彼此赋能,从而共同发展的过程。"文学+"正由传统的文学改编演化为今天的文学融合发展,应该怎么看待这种变化？

王力平：现在我们开始进入正题了。首先,我同意你对种种"新变"所做的描述,但对结论我有不同的观察。所谓"文学+"正由传统的文学改编演化为今天的文学融合发展,如果是说文学传播的路径在拓宽,不再是单一的原著改编,这个结论似乎是成立的。但如果说到发展,实际上,文学的"融合发展"一直都存在。文学的融合发展包括但不限于文学改编,文学改编本身就是融合发展的例证。这是形式逻辑层面的问题。更深入的观察在于,为了认识和说明文学发展问题,我们常常把发展区分为内涵式的和外延式的。内涵式发展是文学内在属性不断展开自身丰富性的过程,比如诗歌从四言、五言到七言的发展,古文运动对六朝浮靡文风的反拨,先锋小说对叙事艺术的探索,等等。外延式发展是文学与其他艺术形式以及社会历史因素之间相互影响、相互作用的过程,比如唐诗受到清乐、宴乐和舞台艺术的影响,发展为宋词和元曲。但内涵式发展与外延式发展不是割裂的,事物不断展开自身丰富性的要求,与事物受到对象和环境的影响之间,本质上是相互渗透、互为因果的关系。比如诗词音韵格律艺术的发展,即是文学语言语音、语调音乐属性的表现,也是文学与音乐相互影响和激发的结果。所以,"融合"其实是文学发展的底色或基因。

王文静:但事实表明,以往文学或作家面对的文学改编是相对单一、单纯的,而今天文学或作家面对的融合发展则是综合性的、复杂的。这种差异也同样是一种新变。

王力平:对文学、对作家来说,原著改编与融合发展之间的确有简单与复杂的区别,而且不仅如此。在文学原著改编过程中,文学和作家是被选择的;而在文学融合发展过程中,文学和作家是具有能动性的艺术实践的主体。从这个意义上说，打开书斋的门，接受影视剧组购买版权的邀约，并不是融合发展理念的核心。所谓融合发展，应当理解为一种自觉的文学发展观，是一种文学价值内涵和文学发展方向的理性选择，本身具有强烈的现实性和导向性。

王文静：关于这种自觉的文学发展观，您能否稍加展开？

王力平：当下人们对融合发展的理解，一般是着眼于传统的文学创作与当代数字化网络传播技术的融合，目的是扩大优秀作家、作品的社会影响力，同时提升网文、网剧的艺术品质。但深入分析可知，融合发展包含着人文精神建构、大众文化消费、文化产业发展等多方面的功能诉求。换句话说，它的表层是文学传播方式的创新、丰富，内里却是文学社会功能的整合、拓展。促进文学的融合发展，不仅要在传播手段的融合上留意，更要在文学功能的融合上用心；不仅是传播渠道和技术的选择，而且更是审美价值和发展方向的选择。所以，融合发展的着力点是强化文学的现实性、当代性、大众性和创新性，是把现实性、当代性、大众性和创新性结合起来。在这里，现实性是文学与现实的关系，是"纲"，是"牛耳"。现实性是当代性的基础，是大众性的内核，是创新性的保障。从这里入手，创造基于当代性的大众娱乐，实现基于现实性的艺术创新。从这个意义上说，所谓"文学+"，其实重要的不是今天能在文学后面加什么，而是加上什么才是无愧于时代的文学。

王文静：2022年有一部电视剧爆款，是根据梁晓声的长篇小说改编的《人世间》。这部剧作展现了三代人的青春、爱恨、理想和命运，把国的发展和家的变迁融为一体，以其精神力量和生活温度深深打动着观众。正因为像《人世间》《三体》这样的现象级剧作的出现，有一种研究声音认为，传统文学的改编正在回暖。或许这种观点一定程度上是在反拨网络小说以 IP 之名作为产业转化资源库的过分膨胀和泡沫化，您认同这种观点吗？

王力平：其实不必把传统的文学改编和网络小说的 IP 转化对立起来。如果一定要在对比中完成这个问题的描述，为什么不能说网络小说 IP 转化的泡沫化，是对传统文学在文化产业链上的职能缺位发出的警示呢？事实上，这正是文学融合发展的现实性和紧迫性所在。

王文静：当网络文学的 IP 热在"跟风—复制—差评"的死循环中逐渐回归理性时，传统文学也愈加彰显出它展现人类精神力量的深沉和强大。这不是站在形而上的立场上，对二者优劣进行静止、机械的比对。相反，IP 泡沫的蒸发是网络文学经典化过程中对非文学质素不断证伪和淘汰的重要标志，而传统文学也不再满足于在语言、叙事等方面的自我陶醉。与社会——特别是当下的、具体的社会现实产生紧密关系，才能维持乃至于激发文学向前发展的能量。就像曾经被传统文学排除在外成为通俗文学的科幻小说，如今已经凭借其宏大的宇宙观进入了严肃文学的殿堂。文学自身发展就是不断融合的过程，实际上，文学后面的"+"始终都存在，把"+"融进来，变成自身一部分的过程也就是文学发展的轨迹。

王力平：所以，"文学+"也罢，融合发展也罢，既是传统文学创作的理论自觉，也是网络文学创作的理论自觉。加强现实性、当代性、大众性和创新性，是传统文学的任务，也是网络文学的课题。这个方向和路径选择不是主观的、偶然的，它是社会主义文学本质属性的内在规定性，以及当代社会政治、经济发展和社会主义核心价值观的外在规定性共同决定的。

王文静：影视改编作为文学跨媒介发展的重要形式，以其直观、生动的影像表达为观众所喜爱。很多经典文学作品在影视剧传播中加速了面向大众的普及。当然，在这个过程中，一大批影视剧也在优秀的文学作品中找到了人物、故事和思想支撑。新时期以来，从《芙蓉镇》《许茂和他的女儿们》到《穆斯林的葬礼》《平凡的世界》《白鹿原》，再到《暗算》《推拿》《人世间》，历届茅盾文学奖的获奖作品都成为热门首选文本。在这个意义上，传统文学与大众传媒体现出很高的一致性。这固然有资本追逐热点的因素，但也彰显出文学本身的魅力。

王力平：前面说过，在文学原著的影视剧改编过程中，作家或文学处在被选择的地位。所以，严格地说，根据文学原著改编的影视剧作，其成功或失败，与原著、与原著作者关系不大。说白了，有的小说适于影视剧改编，有的不适于。增删取舍，让改编成为名副其实的再创作。当然，不排除有一种明知不适于影视剧改编，但依然坚持改编且忠实、尊重原著的情况，这通常是向文学经典致敬的行为。今天所说的文学融合发展，或者简单地说"文学+",则应建立在知己知彼的基础上,自觉完善面向对方的"适于"性,是相向而行,互相奔赴。在它们的相加之和里,有剧作的成功,没有孤立的文学魅力。

王文静：我觉得"文学+"除了表达"由文学而来"的母本意义,在当下更传递出一种文学质感的彰显。或者说,艺术创作对文学要素的需求变得越来越多,也越来越迫切。刚才我们用一些文学改编影视剧作品来观察"文学+",现在我们换一个思路:《觉醒年代》《山海情》《狂飙》《扫黑风暴》这样的出圈爆款,都是直接进行剧本创作的原创剧集,但剧作却一样呈现出丰富的人物形象侧面、立体可感的时代肌理,以及社会历史背景的宏阔激荡。毫无疑问,这是剧本创作中的精品力作,是产业链条上类型剧对文学性的回应,但是否更应该理解为文学能量的延伸?

王力平：强烈感受到你的文学立场。面对剧作精品,你相信是"文学质感的彰显",是"文学能量的延伸",但不会想到和表述为是电影、电视剧和戏剧艺术自身的魅力。不错,我们常说文学是影视戏剧艺术的基础。但深入地看,其实还有电影文学、戏剧文学的特殊分支。这意味着,除了文学的一般规律,它们还有自己的特殊规律。我也自许为文学中人,但其实不敢用"文学+"的思维模式去理解电影、电视剧、戏剧等艺术形态。

谈到文学的融合发展,我以为前提是正确认识文学自己。认不清文学"自己",无以谈"融合";如果在"融合"中丢掉了文学"自己","发展"就成了空话。事实上,面对不同的融合对象,文学必须重新发现不同的自己。什么样的文学性可以融入电影的镜头语言中,什么样的文学性可以融入电视剧的台词、人物关系和情节结构中,什么样的文学性可以融入戏曲的唱念做打中,它们都是文学性,但其实它们是不同的。

王文静:不是只有成为"文学+"才是好的文学。就像我们记得那些影视化的小说一样,还有《老人与海》《追忆逝水年华》《瓦尔登湖》这样经典的作品同样让我们无法忘记。戴锦华在一场文学与电影的沙龙上曾表示:"越优秀的文学作品,越难改编出优秀的电影作品。"看来,文学的能量始终在与具体作品适配的艺术形式中守恒。

王力平:准确地说,一部文学作品能否改编成电影作品,以及改编时的难度大小,从来都不是判断它作为文学作品是否优秀的标准。

二、与数字网络媒介共舞

王文静:20世纪80年代,"琼瑶热""金庸热"曾掀起通俗文学的阅读浪潮。进入新世纪,随着互联网的普及,网络小说也迅速赢得众多读者。从《一帘幽梦》《笑傲江湖》到《甄嬛传》《琅琊榜》,观众同样毫不吝啬地称之为"经典"。如何理解网络时代和大众娱乐语境中"文学+"的形成?

王力平:20世纪80年代的"琼瑶热""金庸热"的出现,

其实是延续了近、现代文学史上言情小说和武侠小说的传统，本质上是文学娱乐功能的回归。这次回归除了文学自身具有娱乐功能的原因之外，当时方兴未艾的市场经济大潮发挥了推动作用。而以《甄嬛传》《琅琊榜》为代表的网络文学的兴起，则是网络时代文学娱乐功能的呈现，或者说是数字传媒语境中的大众文化消费活动。这一次发挥助力作用的，不仅有市场因素，更有科学技术因素。如果我们愿意向历史的更深处追溯一下，在20世纪50年代，当代文学史上曾出现过以革命英雄主义为主旋律的战争题材创作高潮。从大众文化消费的角度看，就是文学的大众娱乐功能受到时代政治因素的加持，以寓教于乐的方式呈现出来。

王文静：媒介的每一次革新都为文学的发展带来深刻影响。口口相传的远古时代不会留下文采斐然的文学篇章；竹简木牍的文字中不会产生动辄数十万字的长篇小说；五四时期的新文化运动在白话文这个语言媒介的主导下产生了新文学；21世纪以来的二十多年间，互联网技术和移动终端的技术突破，不仅为网络小说提供了技术支撑，还催生出以微博、微信为载体的"微文学"：如以一百四十字为限的"微博体"，以短信对话为模式的"气泡小说"，以"朋友圈语体"为特征的"微信文学"。在文学与媒介的融合过程中，文学仿佛是被动的，但它似乎又能够以最快的速度找到可以吸附它的海绵。您怎么看待这种文学与媒介的共舞？是媒介顺应了文学发展的需求，还是文学在新的媒介语境中找到了自己的"舒适圈"？

王力平："媒介"这个词具有"集合性"。就文学而言，语言包括文字是作家精神劳动的物化形式，是媒介，口口相传、竹简木牍刻写、纸绢羊皮书写、纸本印刷、互联网数字化信息是精神产品的承载和传播形式，也是媒介。从文言到白话是媒介革命，从竹简纸绢到书报期刊是媒介革命，从雕版印刷到活字印刷再到互联网也是媒介革命。都是媒介，都深刻地影响和改变了文学的发展，但它们影响和改变的内容不同，影响和改变的边界也不同。在这个过程中，文学是语言的艺术这一点没有改变。从文言到白话，从刻写到印刷，从书籍到报刊再到互联网，媒介革命带来的变化，是文学的大众化成为可能、成为现实，是文学传播的速度和广度得到不断的提升。如果把"舒适圈"理解为媒介形式与审美内涵的相得益彰，我想，一定程度的"舒适"感是无可争议的文学史事实。如果把"舒适圈"理解为安于媒介红利而怠于审美内涵的开掘，我想，这大概正是融合发展理念希望让人警醒的地方。

王文静：《向往的生活》第六季中，刘震云偶遇夜里出海的渔民，看着渔船渐渐模糊的影子，一句"他往黑暗中去了"为镜头前的观众带来心头一震后的长久沉默。在《脱口秀大会》第五季里，庞博用轻松而夸张的语言讲到他家乡的机场：空姐在关闭舱门时朝着外面大喊了一声"去上海的还有吗？"，这时传来一个声音："我要去上海！"庞博说："我仔细听了一下，那是十八岁的我自己。"一个让听众在高度共情中直呼"炸"的段子，内里包裹着深沉而强大的精神内核。您怎么看电视综艺和脱口秀里的文学性？或者说，在文学大众化的过程中，是否会伴随着文学性被削弱的问题，在"文学+"的过程中，会不会也存在"文学-"？

王力平：脱口秀也是语言艺术，从语言叙事的角度看，它和小说是"近亲"。在脱口秀表演中感受到结构的力量、叙事的魅力和语言的韵味，是文学本色的体现。在《向往的生活》中，当画面中远去的渔船渐渐模糊时，正是摄像、音乐和画外音的用武之地。作为这档沉浸式综艺节目的嘉宾，刘震云的话是基于文学想象的独白，也是丰富画面内涵的哲理性议论。至于在"文学+综艺"的时刻，是否发生了"文学-"，我觉得，只要这个桥段本身内涵饱满，人物不做作，便是增一分太多，减一分太少，一切都恰好。我们说过，融合的前提是知己知彼。须知，综艺节目里的文学性不是长篇小说里的文学性。在解放区文学研究中，曾有人嫌弃"墙头诗"的文学性不高。持此论者，其实是既没有弄懂诗，也没有弄懂墙头。

还有一句话是要说的。基于文学想象的作家独白、富于哲理性的议论虽好，却不可重复使用。《向往的生活》可连续拍摄到六季，把类型化创作进行到底。但如果每季都请个作家来这里夹叙夹议，那样的"生活"是不会令人"向往"的。

王文静：网络文学的诞生和发展，让读者和观众领略到文学作为IP的破圈速度。如今，文学的产业转化已经不再只限于"起于影视，经由动漫、游戏，终于衍生品"的链状路径，而是面向所有下游产业环节的环状赛道了。比如，《三体》就是动画先于剧作出炉，网络小说《诡秘之主》并没有进行影视、动漫和游戏的开发，首先推出的是徽章、指偶等衍生品。如何理解文学转化中的这种升级？这是否也反映出文学在跨媒介叙事中的活力？

王力平：网络文学作品的 IP 转化是线性的、顺序发生的，还是发散性的、同时发生的，其实并不重要。它折射的是大众文化消费更加多样化，市场培育、热点发酵的周期、频率在加快以及资本介入文化产业更深入、更迅猛。从文学融合发展的角度看，这些是发展环境和需求因素，而我们关注的重点应当在"供给侧"。

王文静：媒介革命是时代发展的结果，而文学的形态有很强的时代性。从《诗经》《离骚》到唐诗、宋词，从文言、白话到网络语言，我们能够理解文学形态随时代而发展的必然变化。同样，面对网络文学、"文学+"以及"泛文学"的喧哗与骚动，我们如何判断其中是否具有积极意义？

王力平：前面说过，媒介革命深刻影响了文学的形态和发展，但并没有改变文学是语言的艺术这一根本属性。所以，传播载体、媒介的变化，对于文学的发展来说，有效，但也有限。有效，是说它开辟了新的发展道路，创造出新的可能性；有限，是说它具有边界效应，如果其他变量止步、懈怠、不思进取，单纯在媒介因素上加码，其效力势必衰减。比如从文言到白话是文学语言革命，但如果把"白话"懈怠成"口水"，以为无须在锤炼语言上下功夫，事情就会走向反面。所以，所谓"积极意义"，不能着眼于单一要素，必须综合考察。

王文静：从科技角度而言，移动互联网与文艺创作的相遇被一些学者认为是"比特挑战缪斯"。但是从古老的结绳记事到龟甲兽骨，再到绢帛纸张，最后到我们现在的电子移动终端，传播性、互动性和产业性成为当代文学评价体系的新要素。文学进入移动互联网时代，如何守住文学的初心？

王力平：文学进入移动互联网时代，并不必然背离文学的初心。前面说过，从文言到白话，从刻写到印刷，从书籍到报刊再到互联网，传播媒介的革命性变化，让文学的大众性、人民性成为可能、成为现实。当然，古典文学中的贵族化视角和趣味是渗透到骨髓里的。但另一方面，古典文学又素有从民间"采风"的传统，把"风"列为《诗经》"六义"之首，深谙文学的讽刺教化之道，深知天下苍生、社会生活是文学的精气神所系。如果说古典文学对大众的态度是矛盾的，那么，从五四新文学开始，"国民""社会""大众""人民"就成为新文学的初心所系。直白地说，移动互联网时代，文学作品之高产，创作队伍之庞大，题材品类之繁盛，读者之众多，传播之广泛，都是前所未有的。这些虽不是文学繁荣发展的全部内容，但却是题中应有之义。

王文静：在媒介发展的当代语境下，传统文学与移动互联网不相适配的特征是显而易见的。我们也许能追更几千万字的网络小说，但在手机上对《老人与海》《追忆逝水年华》进行完整而有效的阅读的难度却很大。我在想，如果把传统文学和网络阅读方式进行机械组合，"文学+"就只能沦为一种形式，因为即时性、商业性、强交互性与传统文学的创作传播机制本来就是相悖的。所以，让网络媒介和移动终端对传统文学的有效传播产生积极影响，重要的是，它既不应该是新媒体对旧内容的搬运，也不应该是抛弃文学初心，徒留躯壳的表演。

王力平：所以，一成不变的传统文学写作，不会单纯因为贴在了网络上，就可以自然而然地获得海量阅读和广泛传播。同样，网络文学写作如果不能持续不断地提升自己，以往令人艳羡的"粉丝""黏性"，也并非取之不尽、用之不竭。

三、文学性与大众文化消费

王文静：我注意到，您一直把娱乐功能和大众文化消费属性理解为文学性的题中应有之义。但在一些人看来，所谓文学性是语言的冒险，是叙事形式的探索，即使加上社会历史的视角，也至多可以延展到人性内涵的洞察与批判。而娱乐功能和大众文化消费属性，是文学性之外的附属物，直白地说是对文学性有害的。您怎么看？

王力平：就其本质而言，文学是作家以语言形象的方法，表达他对社会生活的审美感悟。所以，一方面，在文学创作过程中，无论是素材的提炼裁剪，还是叙事方法、结构形式的选择以及艺术技巧的运用，都是以能否准确地传达和表现作家对生活独特的审美感悟为标准的，这是文学创作所以是个性化写作的根本原因。但问题还有另一方面。所谓叙事方法、结构形式和艺术技巧，包括开辟新的题材领域，等等，它们实质上是作家对生活的审美发现，是对现实世界异质同构的图式抽象，即清人毛宗岗所谓"观天地古今自然之文，可以悟作文者结构之法"。作为作家对生活的审美发现，它自身具有特定的审美价值；作为现实世界异质同构的图式抽象，它又具有相对的独立性，因而具有一定的普遍性。这就为文学创作提供了另一种可能性，即重复运用特定的艺术方法、结构形式和叙事技巧，反复进入某个题材领域、重述某个文学主题，使读者可以重温某种情感经验，重复体验曾经有过的审美愉悦，这就是我们常说的类型化写作。不难看出，个性化写作与类型化写作并不是水火不容、你死我活的两件事，个性化与类型化原本就是我中有你，你中有我，相互依存的关系。所以说，娱乐消费属性和类型化写作，是植根于文学本质属性之中的，把大众娱乐的属性和功能排除在文学性之外，是一种以偏概全的思想误区。

王文静：我想起 20 世纪 90 年代，在市场经济体制改革的历史背景下，通俗文学高歌猛进、泥沙俱下的场景。纯文学读者日益减少，文学杂志苦于发行量锐减而停刊，引发了学界关于文学边缘化和人文精神危机的讨论。三十年过去了，在媒介革命和网络文学蓬勃发展的当下，应该如何理解文学满足大众娱乐需求与参与人文精神建构之间的关系呢？

王力平：人文精神建构当然离不开独立思考，需要思想的精深、艺术的精湛。但人文精神的建构，从来都不是在象牙塔中闭门完成的，它必须走进大众的日常生活中才能真正实现。这也是现代文学史上鲁迅、瞿秋白致力于文艺大众化的用心所在。实际上，文学的娱乐功能和消费属性是以大众性为基础，以大众的喜闻乐见为前提的。与其怀疑和否认文学的娱乐功能，以期得到一种至纯无瑕的文学性，不如把握好、处理好文学的大众娱乐属性与其他功能属性之间的关系。比如霍克海默曾经指出："现代大众文化（文化工业）的'大众性'不仅被理解为量变过程，而且还是个质变过程。"所以，我们不能只盯着上座率、发行量、点击量，不能仅仅从数量的角度去理解大众性，还要把大众性放在社会历史的发展变化中去考察，明白什么是腐朽垂死的、什么是生机勃勃的。

王文静：在一些人的观念中，满足大众娱乐和文化消费需求的是通俗文学，因而文艺的娱乐功能、消费属性被概括为"俗"。正面的说法是"通俗"，负面的说法是"庸俗"。相反，承担人文精神建构责任的是纯文学，是文艺思想精深、艺术精湛之所在，因而被视为"雅"，"高雅""优雅"。由此形成了通俗文学之"俗"与纯文学之"雅"的区分和对垒，并由此引申出娱乐消费功能与人文精神建构责任的对立。您怎么理解这种区分和对立？

王力平："雅""俗"有别，但"雅""俗"也是相同的。《诗经》"十五国风"是来自民间的歌谣，是学界公认的"俗文学"。但自从汉武帝定《易》《书》《诗》《礼》《春秋》为"五经"，在"诗"字后面加了一个"经"字后，再说它"不登大雅之堂"

就不准确了。此后，唐定"九经""十二经"，宋定"十三经"，《诗经》都名列其中，是百代不易的儒家经典，深刻参与了民族人文精神和审美意识的建构过程。通俗文学是一种类型化写作，一般会顺应大众的情感和价值取向，比如惩恶扬善、急公好义、英雄主义、爱国主义等；会选择大众喜闻乐见的艺术表达方式，比如塑造鲜明性格的人物形象，设计曲折生动、悬念迭生的故事情节等；会深耕大众关注追捧的题材领域，比如侦探、悬疑、言情、仙侠、商战等。相对来说，纯文学是一种个性化写作，它注重个人经验和感受，注重独到的思想见解和独特的艺术表现形式。一般来说，个性化写作在艺术创新方面有更强烈的内生动力，而类型化写作则在顺应和满足读者审美需求方面有更自觉的主动性。但是，类型化写作同样需要思想性、艺术性的追求和造诣。在"类型化"上日复一日原地踏步，终会导致大众的审美疲劳。而个性化写作也并非天然地对庸俗免疫。例如元稹的传奇小说《莺莺传》，它是赵令畤《商调蝶恋花鼓子词》、董解元《西厢记诸宫调》以及王实甫杂剧《西厢记》的题材源头，该算是个性化写作了，但它所宣扬的"女色祸水"观念，相比王实甫《西厢记》里"愿普天下有情的都成了眷属"，何其陈腐庸俗。

王文静："雅"与"俗"固然有别，但"雅"与"俗"是相通的。大众文化消费虽然不等于人文精神建构，但二者其实是相互依存、相互转化的关系。一个问题是，我们常说雅俗共赏，要把人文精神建构和大众文化消费统一起来，它们的统一

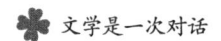

性在哪里呢？

王力平：人文精神建构和大众文化消费的统一不是一个理论概念问题，而是一个文艺实践问题。在今天，对网络文学、电影电视剧等类型化写作来说，不仅要思考如何顺应和满足大众当下的文化消费需求，还要思考如何发现和引导大众新的文化消费需求。只有前一个思考，还只是在较低层次上满足大众文化消费需求，有了后一个思考，才能上升为建构民族人文精神的艺术实践。对纯文学的个性化写作来说，不仅要研究如何坚持自己的思想探索和艺术创新，还要研究如何自觉地以这种探索和创新，去丰富大众文化生活的新内容，开辟大众审美意识的新境界。只有前一个研究，还只是作家个人思想和艺术素养的锤炼过程，有了后一个研究，才无愧于丰富和满足人民群众不断增长的精神文化需求的艺术实践。

王文静：在后现代文化为底色的网络文学时代，类型化创作的机械复制是不可避免的。悬疑、罪案、仙侠、都市……每一个题材的成熟都伴随着它写作套路和瓶颈的形成。应该说，产业发展中的成功案例鼓励了模式化的批量生产，这固然有资本运作中的风险考量，但是否也反映了产业对艺术的窒息呢？

王力平：资本的深度参与，推动了文化产业的发展。如你所说，资本基于风险考量，偏好复制成功案例，对探索创新则心存忐忑。必须承认，文化产业发展中的"低层次复制""追风""娱乐至死"等倾向，不仅是对艺术的窒息和戕害，更是对人的丰富性、对人的全面发展的窒息和戕害。然而面对这些问题，采取把类型化写作、娱乐功能和消费属性从文学的象牙塔中踢出去的办法，是没有意义的。相反，承认类型化写作、娱乐功能和消费属性是文学性的题中应有之义，恰恰可以激活文学的批判意识。这种批判意识，是面对社会、历史和人性的，也是面对文学自身的。比如当汉赋将丽辞藻句、穷极声貌的铺陈渲染之风推向极端时，文学自身发展的批判意识和力量，就表现为汉乐府民歌的异峰突起。乐府民歌以其朴素的语言和真挚的感情，"质而不俚，浅而能深，近而能远"的审美特点以及近乎完善的五言诗体和叙事功能，成为庙堂文坛形式主义风习的有力反拨。今天，面对"娱乐至死"的消费主义风气，自觉强化文学的现实性、当代性、大众性和创新性，就是文学自身发展的批判意识和力量所在。

当然，只有理论的自觉是不够的。马克思曾说过，批判的武器不能代替武器的批判，物质的力量要靠物质力量来打破。资本懂得站在风口猪也能飞起来，当然也懂得潮水退去时，会把裸泳的人丢在沙滩上。

❀ 文学是一次对话

批评的位置

王文静：力平老师，今天我们聊聊文学批评，这是我个人非常期待的一个单元。在我们关于文学问题的对谈中，我把批评放到了最后——当然这与许多同样把文学评论放到后面的考量不同，作为一个文学评论作者，把文学批评放在最后，其实含着一点儿"近乡情怯"的意思。实际上，如果长期以职业性、专业化的视角来从事文学批评，我们会就某个作品、某种观点进行切磋，反而很少在批评的位置、批评的意义等问题上展开讨论。当然，从不质疑批评的位置，也许是"只缘身在此山中"的主观判断。

王力平：把批评放在什么位置来讨论，其实无关紧要。放在最后讨论，并不意味着讨论第一个问题时，就不需要自觉的批评意识。文学批评的自觉，可以追溯到南北朝时期的《文心雕龙》。文学批评的自觉，是文学自觉的标志。对批评自身的研究，关于"批评学"的建设，一直都是文学发展的题中应有之义。一句题外话，"只缘身在此山中"已经渐渐显出贬义了。

其实，所谓"反思"，就是"身在此山中"对"此山"的反躬自问。文学批评就是站在文学的"此山中"，展开对文学的反思，并与文学创作一起，展开对人的反思。

一、批评对象

王文静：在刚开始进行文学评论写作的时候——甚至现在也常常还是会有这样的迷茫，即，我们应该批评什么？把什么作为批评对象才是有意义的？我同意陈思和"批评是一种选择"的说法，选择是批评的开始，选择体现着批评家的生活经验、理论素养和审美方式，选择也是批评展示自身主体性的开端。

王力平：不错，批评是一种选择。面对海量的作品，批评家理当有所选择。不仅如此，在对作品的审美阅读中，哪些情节能让人回味，哪个人物能引起共鸣，哪个细节令人震撼，是作者的匠心独运，也是读者的审美选择。及至进入批评文本的写作过程，叙述、分析、综合、判断，无不是选择。选择可以折射出批评家个性化的审美视角和主体意识，但"选择"是对批评过程中的心理特征和情感形式的描述，不是对批评对象的揭示。

文学批评，顾名思义，当然是批评文学、批评文学作品。但深入分析可以知道，在具体的批评活动中，批评家所面对的，是他自己对具体作品的审美感悟。他在批评过程中提出的所有分析和判断，都是对这种审美感悟的分析判断。从理论上说，可以把读者（批评家首先是读者）对作品的审美感悟，理解为作家对现实世界的审美感悟——作家的创作动机和目的，就是通过语言形象的塑造，把他对现实世界的审美感悟传达给读者。在这里，在读者对作品的审美阅读中，作家实现了自己艺术创造的目的。同时，批评家获得了批评对象，批评由此开始。

为什么不直接把作品定义为批评对象呢？因为批评实践告诉我们，在对作品的审美阅读中，批评家对作品的审美感悟，对作品的叙述、阐释和判断，都基于特定的个人视角、带有鲜明的个性色彩。当另一位读者、另一位批评家阅读同一部作品时，可能会有不同的审美感悟，不同的叙述、阐释和判断。这个特点，决定了批评不能抛开作品，同时也强化了批评相对于作品的独立品质。

王文静：尽管我们认为作家、作品、文学现象或者文学思潮是批评家关照人类精神情状、再现生命丰富性的媒介，文学批评是通过审美和思辨来完成批评家对社会、对历史、对人性的表达，也就是说，我们把"批评是一种独立创作"作为常识，但是这似乎并没有改变现实中对批评认知的模糊和错位。例如，着眼于创作环节的先后次序，把批评视为对已完成作品的评价；或者着眼于批评的推介功能，把批评看作是扩大作品影响力的必要手段。这些无疑都是对文学批评意义的窄化。谢有顺在他的《文学的路标》中说："一种有创造力和解释力的批评，是在解读作家的想象力，并阐明文学作为一个生命世界所潜藏的秘密，最终，他是为了说出批评家个人的真理。"所以，加强文艺评论，除了发挥它作为车之一轮、鸟之一翼的功能，更是让批评这种独立的自我表达作为艺术创作的内容不断壮大发展，这是批评家们对文艺评论的理解和抗辩。我们始终坚信，文学批评对文学和文学创作而言不是可有可无的。那么，抛开作家/批评家限于个人身份的狭隘视角，文学批评的价值是什么？

王力平：谢有顺说得很好。在20世纪80年代，相似的观点表述为：我所批评的就是我。它的确是对批评价值的揭示，但说得通俗一点儿，其实还是一个批评对象问题。当我力主"我所批评的就是我"，文学批评"最终是为了说出批评家个人的真理"时，所谓作品，就不过是随手拈来的一个例证。就像庄子在《逍遥游》中提到了惠子家的那棵臭椿树："其大本拥肿而不中绳墨，其小枝卷曲而不中规矩。"说到它，是为了说出"无用之用，是为大用"的道理。这没什么不对，甚至不失为深刻，但它是黄子平所谓"片面的深刻"。如果我们抛开批评家个人身份的狭隘视角，客观地考察和理解文学批评的对象，就一定要把作品摆进来，把批评家摆进来，把批评家与作品的审美关系摆进来。而后，才能讨论批评的价值。

王文静：文学批评家乔治·斯坦纳曾调侃说："如果能当作家，谁会做批评家？""如果能焊接一寸《卡拉马佐夫兄弟》，谁会对着陀思妥耶夫斯基反复敲打最敏锐的洞见？"我相信，身为批评家的斯坦纳的调侃当然不是在创作和批评之间厚此薄彼，而是在谦逊地表达对创作的敬意，并幽默地道出批评的难度。我想知道，在几十年的文学观察和文学批评实践中，您对批评与文学作品的关系是怎么理解的？

王力平：斯坦纳的调侃只是一个调侃，就像有的作家说自己写作是为了换烟钱、酒钱，一笑了之即可，认真就迂阔了。

说到批评与作品的关系，一个直观的事实是，作品是批评的对象。但仅仅指出这一点，还是过于直观、过于简单了。这也是它虽为事实，却常常被质疑、被诟病的地方。问题的复杂性在于，所谓批评，首先要有批评的主体，然后才有包括分析、判断在内的批评活动。这里强调的是，批评家是一个具体的、具备必要的理论基础和审美素养的文学读者，而不是一种人格化的观念或理论教条。因为一种观念、一个概念是无法与一个文学文本构成审美关系的，而批评与作品之间的关系，必须是一种审美关系。换言之，文学批评是一种审美活动，真正的文学批评只发生在批评家与作品构成审美关系的基础上。当红学研究将《红楼梦》荣、宁二府的没落，与雍正、乾隆年间江宁织造曹家的衰败互证，得出小说《红楼梦》系作者自传的结论时；当弗洛伊德把哈姆雷特优柔寡断的性格特征解释为"俄狄浦斯情结"，并因此"把他看作歇斯底里症患者"时，他们所致力的已经不再是文学批评。

王文静：当我们在艺术创作层面理解文学批评的时候，才能更加准确地理解它的特征——理性的激情，逻辑的风暴。批评家首先是一个有血有肉、富有生气、知情意合一的读者，同时又是一个具有一定的理论背景和批评武器的专业读者。批评家在人生经历、气质性格、心理结构、价值观念、审美取向等方面的差异为批评实践做好了主观性、主动性的准备。但是我们也不能忘记，文学批评是一种"对象化"行为，它必须通过阅读、研究批评对象体现自身价值。所以，我们看到了批评的能动性，也看到了批评的规定性。在这个前提下，怎样理解，或如何实现批评是独立的？

王力平：批评相对于作家创作的独立品质，是批评的一种理想形态。从根本上看，批评是独立的创作，还是作品的附庸，其实不是一个理论问题，而是实践问题。批评是否具有"独立"品质，要看批评家有没有独立的艺术感受力和思想洞察力。所以真正有意义的，不是论证"批评是一种独立创作"，而是解决好两个问题，树立两个自觉意识。其一，要坚持以审美的态度面对作家作品。批评应当是一种审美活动，只有通过审美阅读，批评家才能在文学的意义上认识、理解和把握一部作品。只有当批评家和作品构成审美关系时，作品才在文学的意义上成为批评家的对象。可以这样说，对作品的审美阅读，是批评家真正获得批评对象的唯一途径。其二，要坚持审美意识的不断建构。批评家应当是一个具有自觉审美意识的主体，批评家主体意识是批评家立场、视角、方法以及审美取向和趣味的集中体现。丧失主体意识，批评就只能是人云亦云。这两个问题，前者关乎批评的规定性，后者关乎批评的能动性。做好这两件事，批评的独立品质就在其中了。毕竟，批评的独立性不是目无作品，而是对作品有自己的审美判断。

其实说到底，所谓独立创作，从来都是相对的。嘲笑批评不"独立"的人，通常会自诩创作是"独立"的。比如有人把创作比作大树，把批评比作附在树上的蘑菇，但事实上，从亚里士多德将"模仿自然"视为一种创作方法的那天起，就从理论上颠覆了所谓"独立"的纯粹性和绝对性。

王文静：很长一段时间以来，离开对象、虚化对象的批评成为文学批评展示其"独立性"的捷径。其中，有凌虚高蹈的"正确的废话"，也有浅尝辄止的主观臆想。"据说，有的批评家只要听听别人对小说故事的大致介绍就能写出五千到一万字的批评文章，有的批评家第一天晚上还在抱怨没读作品，第二天就能作一个小时的主题发言。"这是吴义勤在2009年出版的《彼岸的诱惑》中提到的现象，依我的观察，今天仍然存在。抛开批评的良知和伦理，我想知道的是，文学批评具有强大的独立性基因，又身染"不及物"的痼疾，怎么看待、理解，或者平衡二者的关系？

王力平：首先要区分清楚，不看作品而做文学批评，或者通篇只说正确的废话、空话、套话，说轻点儿是油滑，说重点儿是堕落，与追求批评的独立品质不相干。除去吴义勤所指出的极端情形，文学批评中的"不及物"问题是客观存在的。在我看来，"不及物"的问题，根源是忽视了批评的规定性，没有坚持以审美的态度阅读文学作品。其结果是，谈了政治、经济、历史、哲学、教育、企业经营、市场营销、犯罪心理，唯独言不及文学。文学可以从审美的视角观察和思考上述所有领域，但上述领域中的理论建树和思想成果，都不能简单地拿来代替文学批评。

王文静：或许由于作品与批评在创作时间上的先后关系，批评总是笼罩着一层"寄生"色彩，让很多人认为"没有作品就没有批评"，批评是"0"，作品才是"1"。美国当代批评家希利斯·米勒就把批评与文本比拟为"寄生物"和"寄主"的关系。其实，如果我们仍然使用"0"和"1"的类比也未尝不可，批评可以作为"1"之后的"0"，也就是说，没有"对象"，批评难免"空对空"，当然不会有说服力；而一旦有了这个"1"，那么它后面的"0"才是有意义的，而且"0"越多就越意味着批评能量的几何级增值。这是否意味着文学批评反过来对作品也具有某种规定性？

王力平：看来，你还被"独立性"的链子锁着。对于是"0"还是"1"，其实不必太在意。你是否注意到这样一个问题，不管是称批评为"寄生物"，称作品为"寄主"，还是说批评是"0"，作品是"1"，在谈到批评与作品的关系时，大都是用比喻说话？比喻是在某一个相似点上，建立起喻体和本体之间的关联性。所以，透过比喻，可以窥见批评与作品关系的某个特征，但不能揭示这种关系的全部复杂性。所以，你不妨坦然接受希利斯·米勒关于"寄生物"和"寄主"的比喻，它揭示了文本是批评的基础这样一个基本事实。但承认这个事实，既不能证明批评的依附性，也不能证伪批评的独立性。

至于批评对作品的增值作用，文学史上不乏经典实例。如果也用比喻的方法来说明，那么它们不是"1"和"0"的关系。

优秀的作品是"1",优秀的批评也是"1",优秀的作品遇到优秀的批评,是"1+1＞2"。

二、批评方法

王文静：在艺术哲学范畴内，描述、阐释和评价是艺术评论的三种逻辑方式。我认为，这三种逻辑方式在文学批评中也是适用的。已故的河北作家陈冲在一次文学沙龙中曾说，年轻的批评家应该好好练习写小说的内容梗概。一部长篇小说，如果能写出两千字、一千字、五百字不同规格的梗概，代表着批评者对文学作品具备了可控的描述能力。而作品的细部以何种面目再现于批评文章中，展现着批评家处理文本的基本功，也是呈现批评家思维过程的重要线索——因为评论本身也是一种叙事。当然，陈冲是身体力行的，我仍然记得他在《一部新一代的抗日题材小说——〈一座塔〉的意义和意味》中，用了将近两千字的篇幅来概括小说内容，当时还觉得这么长篇幅的复述是否有本末倒置之嫌，直到我前一段时间读完胡学文的长篇小说《有生》，却迟迟不能落笔开始评论文本的写作时，才体会到从一部先锋小说中，拉出一个写实的故事框架，需要何等强大的记忆和思考能力。是的，在关于作品的阐释和评价趋于白热化之际，我深感很多文学批评在进入文本时，常常不得其门而入，因此变得虚假和无效。

王力平：陈冲是一位优秀的作家，也是一位优秀的批评家。

他主张的"梗概"训练，其实就是"描述"能力的训练。

  批评家的描述是带有个人视角的。视角可以彰显作品的某些内容，可以发幽探微，让一些容易被忽略的细节因描述而鲜明、强烈，获得冲击力和震撼力。视角也可以遮蔽和忽略作品的某些内容。遮蔽和忽略的合理性在于，任何批评都不是对作品逐字逐句的评析，批评家只会留意那些给自己留下深刻印象的东西。这正是陈思和先生所说的"批评就是选择"。

  在批评文本中，这种描述未必要用一段文字呈现出来，但批评家必须清晰地了解一个问题：作品写了什么？这是批评需要回答的两个问题之一。批评要回答的另一个问题是，他是如何写的？批评家的这两个必答题，恰好对应着作家的两门必修课：写什么和怎么写。

  王文静：和"描述"同样困难的是"评价"。当下的文学批评热衷于在价值判断和美学分析中进行"地位评价"，热衷于发现那些并不典型的"开端"，命名一些其实不具备文学史意义的"首次"，动辄许以"里程碑""民族史诗"，却又不进行具体论证，致使这些大而无当的评价味同嚼蜡。文学批评的确负有"把猫头鹰和夜莺分开"的使命，这意味着我们可以也必须在"质检"的意义上做好客观、科学的评价。然而那些好大喜功、轻飘悬浮的盖棺论定，不仅于读者无益，还会对作者构成潜在的伤害。

  王力平：从某种意义上说，批评本身就是评价。所以，在文学批评中，"评价"是无法避免的。刚才说到，无论文学批评写得如何花团锦簇，又或者简朴直白，本质上是对两个问题的回答：一是作品写了什么，二是它是如何写的。其实，这两个必答题还各有一个涉及价值判断的附加题。考虑到作家的创作目的，是通过语言形象的塑造，实现自己对社会生活审美感悟的传达和表现，所以，这两个必答题的完整表述应该是这样：其一，在作品中，作家表达了怎样的审美感悟？放在社会审美意识历史发展的背景下，作品的形象塑造及其情感内容具有何种审美价值？其二，在作品中，作家的审美感悟是如何表现的？作品的语言形象塑造是否完美呈现了情感内容？

你刚才说到的动辄许以"里程碑""民族史诗"却又不作具体论证的现象，无疑是轻浮的。而给予准确的评价并作翔实的论证，则要求批评家对具体作品既能入乎其内，明了其情感形态和结构肌理，又能出乎其外，从更高的视角洞察其历史脉络和定位。

王文静：在文学批评中，阐释是必要的，是批评的正义。在西方，阐释学从理解和阐释《圣经》开始，逐步发展成一门哲学方法论意义上的阐释学理论。不过，阐释学理论的发展，一方面促进了文本阐释过程中的知识生产，同时也日益显露出"强制阐释"的缺陷。张江在《强制阐释论》中指出，当代文论生成发展的基本动力，就是文学理论对相邻理论领域的模仿、移植和挪用。这个判断可以在神话－原型批评的开创者弗莱那里得到印证，在弗莱看来，无论是马克思主义、托马斯主义、自由人文主义还是弗洛伊德学派、荣格学派，以及由这些思想派生出的社会批评、哲学批评、道德批评、精神分析批评、意识形态批评，等等，可以说，20世纪以来除了形式主义和新批评，很多重要的文学思潮和流派，基本上都是借助于其他学科的理论和方法来构建自身的。这种"拿来主义"固然为文学理论拓展了新的版图，但是也形成了当代文论对其他前沿学科的依赖。

但是，摆在批评家面前的，始终有一个站在什么立场、使用什么工具、运用什么方法进行评论的问题。于是，一方面理论是批评的必要工具；另一方面，在批评实践中，批评又难免沦为理论的演示，导致理论批评与作品文本之间的关系越来越淡薄，甚至形成了对文本的遮蔽。您对这个现象怎么看？

王力平：关于"阐释"的系统性理论研究，国内起步较晚。但阐释，特别是文本阐释的实践却是源远流长。撇开西方阐释学理论的庞杂体系去看，阐释是人类语言思维的基本形式。对其中一些规律性的认识，中、西方其实是相通的。比如伽达默尔提出了"理解的历史性"以及"视域融合"的观点，会让我们想起西汉时期"今文经学"与"古文经学"论辩，以及南宋时期陆九渊所谓"六经注我，我注六经"。相对于古代文献的阐释，在文学批评中，特别是在当代文学批评中，阐释的客观释义功能比较弱，而主观选择的作用比较强。因此"阐释"一半是"描述"，一半是"评价"，是"描述"与"评价"的过渡形式。

批评当然离不开理论的支撑。留意观察可知，人们常说批评方法、批评模式，如社会批评、心理批评、形式主义批评、原型批评等，其实往往是一种理论观念、一种思想方法，或者说是一种文学观。从这个意义上说，运用一种理论方法展开文学批评，并无苛责的必要。要紧的是，选择理论武器时，要注意区分具体科学方法、一般科学方法和哲学方法。哲学方法不能代替一般科学方法和具体科学方法。比如，马克思主义是一种哲学方法论，它可以为文学批评提供思想理论基础和方法论指导，但马克思主义不能代替文学批评的形象分析、结构分析、语言分析的方法。用马克思主义的哲学概念和结论，代替文学批评的艺术分析，以往我们称之为"公式化""概念化"的批评，今天可以称之为"强制阐释"了。

王文静：强制阐释有一个极端的例子，和我们曾经讨论过的生态文学有关。爱伦·坡的《厄舍府之倒塌》本是发表于19世纪上半叶的一部恐怖小说，但是一百多年之后生态批评理论兴起，首先拿它"开了刀"。文中的情节全部被强制解读为生态符号，比如古屋倒塌不是简单的建筑物的坍坏，而是宇宙黑洞收缩；人物怕光则是人与自然的对抗；等等。这显然是以后生的理论对前在文本进行强制阐释的例子。这里我想问，强制阐释背后的东西是什么？如前所述，为阐释学做好了理论准备的诸种理论多是文学外部的其他学科概念，这就意味着像《厄舍府之倒塌》一样，一旦进入阐释环节以后，文本元素都将被还原为"源"理论范畴，这时的批评也就离开了文学传达和表现审美感悟的本质属性。

王力平：现实生活中，人们的需求是多样的。有物质的需求，也有精神的需求。精神需求中，还可以细化出认知的、审美的、道德的、政治的、人格尊严以及自我实现等内容。人们不是清晰地了解了自己的需求之后，再理智地找到满足需求的方式；不是因为想到审美，所以才阅读文学作品或者走进影院。往往会有这样的情形，因为满足了人们非审美的需求，作家和作品获得了极大的声誉和丰厚的利益。这不是什么坏事，或者可以说是一件好事。只是，当此时也，作家、批评家须保持清醒的头脑，保持定力，恪守审美创造的本分。所谓富贵不能淫，贫贱不能移。

三、批评模式

王文静：跳出文学批评作者的人设，我们不能回避这样一个现实：一方面随着当代文学创作的发展和演变，纯文学创作被日渐繁荣的网络文学衬托得更加精英化、不接地气，纯文学的批评和研究也变得学术化、"圈子"化，其社会影响力和专业有效性都受到了抑制；另一方面，在媒介革命的推动下，移动互联网为每一部问世的文学作品都提供了评论空间。比如2023年年初因影视改编再度火爆的科幻小说《三体》和现实题材长篇小说《人世间》，比如第十一届茅盾文学奖揭晓后引发的网络热度，等等，短视频、直播、微博超话等不同的网络路径中，动辄几百上千条的评论。这样看来，科技平权为大众提供了评论的空间，也刺激了文学评论内在的互动属性，虽然那些简短直白、情绪化的语句还远不属于文学批评的范畴，但"人人都是批评家"的幻觉却已经浮现。在专业和大众两个不同的语境中存在，文学评论到底应该如何聚焦？

王力平：前面说到批评的自觉始于南北朝时期的《文心雕龙》。需要说明的是，不自觉的文学批评与自觉的文学批评，并不是以《文心雕龙》为界，一劳永逸地划断了。在现实生活中，我们常常会遇到两个事实：一个是文学批评的门槛很低，人人都是批评家，谁都可以对作品发表意见；另一个是，文学批评是一门专业学科，需要系统的文学理论基础和理性思辨能力的训练。"门槛很低"和"专业学科"看似很矛盾，其实是文学批评"不自觉"与"自觉"的两种形态。两种形态之间有差异、有矛盾，甚至有冲突，但它们不是绝对割裂的、不是老死不相往来。在不自觉的文学批评中，常常蕴含着批评理论系统发展的思想萌芽；同样，自觉的、专业的文学批评，也可以时时为感受式批评提供深化的路径和提升的方向。

王文静：新世纪以来，互联网催生了新的文学生态，也形成了新的文学批评环境。网络的商品化、技术化的属性与青年亚文化、后现代主义文化背景下的文学创作（含文学批评）必然表现出"平面化"特征——这种特征在1980至1990年代的话语转换时就出现过，思想干枯、立场摇落、价值颠覆都成为"批评之批评"的关键词。今天，我们仍然面临这样的挑战。文学批评作为以理性批判为方式的创作，将如何在一个"平面化""非学理化"的传播时代实现自身的发展呢？

王力平：你永远都不必担心批评跟不上时代而被淘汰。跟不上时代的只是某个具体的批评家，所谓被淘汰，也只是某个批评理念的落伍和理论思潮的退去。另一个问题是，时代没有"平面化"和"立体化"之分，也没有"学理化"和"非学理化"之分。时代生活一直是嘈杂繁忙的，人声鼎沸，摩肩接踵。所谓学理化，只是在观念中对现实做了一番梳理和归纳，如同把经纬线加在了地图上。所以，你意识到新的文学生态和批评环境已经出现时，你要做的是深入它、熟悉它、认识它、把握它。

王文静：从技术实现的层面来看，文艺批评在网络时代获得了更大的自由，个人发布、即时互动、全球共享给批评带来了更大的活力。但是我们也看到，在碎片化阅读时代，批评形态发生了变化。在20世纪早期，法国批评家蒂博代就曾把批评的类型分为自发的批评、职业的批评、教授的批评，近年来我们也曾用媒体批评、学院批评、专业批评来归纳文学批评的主要类型。现在看，情况似乎又出现了新的变化。比如互联网上的文学评论表现出碎片化、感受式的特点，有时可能只是对一本书、一个章节甚至一句话的分享，有时可能是直播间里隔着屏幕的心得交流；学院派批评仍以研究为重心，在理论和概念的推演和生产中闪展腾挪，对文学创作现场关注不够；而文学场内的批评又常常是"圈内人"自产自销、相互唱和，并没有显现出文学批评的辐射力和有效性。不同的是批评形态，相同的是"自己玩"的状态，这似乎并不是我们理想中批评的样子。

王力平：理想的批评不是取消批评形态的差异，不是"书同文、车同轨"。在现实的批评世界中，所以会形成感受式批评、学院式批评和文学现场的批评，是因为不同的批评形态回应着不同的关注点、满足着不同的需求，这些需求都有其现实的合理性。某种意义上说，它们其实是批评繁荣的表征。

所以，说到"理想的批评"，就需要进入不同形态的批评内部，针对它们各自的问题去分析讨论。这需要一点儿具体问题具体分析的功夫。比如主要活跃在网络世界里的感受式批评，碎片化是特点，不是它的缺点。未来影响其发展的因素，可能来自两个方面。一是商业和资本因素的深度介入，导致批评的价值观发生商业化倾斜。二是在社会利益诉求多元化背景下，大众流行观念与社会潜在矛盾发生碰撞，形成热点、焦点，进而导致批评的情绪化甚至极端化。再比如学院式批评，目前高校是文学理论批评重镇，但由于高校科研被纳入规范化、制度化乃至量化考核管理的轨道，在出产海量论文的同时，形式主义的霉菌也在悄悄侵蚀它的机体。说到文学现场的批评，"在场"是它的优势，同时，也很容易因为"在场"而心生杂念、心生顾忌，变成"人情批评"。

王文静：2023年，由郑大圣、杨瑾执导，拍摄了以"七一勋章"获得者，"全国优秀共产党员"，云南丽江华坪女子高级中学党支部书记、校长张桂梅为原型的电影《我本是高山》。影片刚一上映就引起强烈争议，并冲上热搜。争论的焦点是，现实中学生父亲酗酒的细节，在影片中改成了学生的母亲；在如何理解支撑张桂梅献身山区教育的内在动机问题上，影片除了表现一个共产党员的信仰之外，又写了她因病过世的丈夫留下的夙愿。这样的艺术处理把作品推上了舆情的风口浪尖，让我们不得不再一次思考：我们在进行文艺批评的时候，应该如何看待艺术与现实的关系？这里还想到一个近年来在创作领域越来越凸显和集中的问题，当我们去阅读一些有现实原型、有真实故事作为依据的作品（如小说、报告文学、影视剧本），"臆想""杜撰""捏造""拔高""丑化"常常成为评论作品时的常用词汇，现实与艺术的关系成为一种评价尺度。

王力平：当《我本是高山》引发的争议成为网络舆论热点的时候，再去辨析艺术与现实的关系，就有些书生气了。这个网络舆论热点的背后，浮现着长期潜在的"社会精英"与"草根大众"的矛盾，再加上网络文学和大众消费文化的流行，训练和强化了读者观众更倾心于接受"扁平人物"的阅读观影心理。所以，当影片编导试图探索人物行为动机的复杂性、个人性时，便易于引起读者观众的不适、逆反和抗拒，特别是当这种复杂性出自"社会精英"视角的时候，影片便化身为"社会精英"与"草根大众"矛盾爆发的火山口，批评的情绪化和极端化也就不可避免。

冷静地看，影片试图由女童教育向女性解放拓展和延伸主题，因而加入一个酗酒母亲的自我救赎情节是合理的。而探索人物行为动机的复杂性、个人性，以完成"圆形人物"的塑造，这在艺术创作活动中也是合理且常见的叙事策略。但是，所有这些，都需要在火山爆发之前，通过"随风潜入夜，润物细无声"的方式告诉读者和观众，这或许正是文学批评应当承担的责任。不过，这些并不能消弭因为两极分化加重、社会阶层固化带来的"社会精英"与"草根大众"的现实矛盾。

王文静：当传统的文学批评面对网络文学创作现场和实践时，也必然存在理论资源借用和学科交叉的现象。从目前来看，既有的文学理论对于网络文学批评的有效性还远远不能令人满意。您怎么看待建立网络文学评价体系的艰巨性？

王力平："建立网络文学评价体系"已经提出多年，也已经做出持续的努力，并取得了长足的发展。核心的问题是，我们的文学理论体系，是在"五四"以来的新文学和新中国成立以来的社会主义文学实践基础上形成的。今天的网络文学创作，在性质上属于社会主义文学的范畴，但在发生发展的时代背景和现实路径上，在文学作品承担的社会功能上，在作家承续的文学传统上，在对题材内容、叙述形式的可能性以及艺术追求的自觉程度上，在作品传播形式上，在与其他艺术和文化形态深度融合的可能性与现实性上，网络文学都有自己的特点。它是市场经济背景下，当代文学在消费型大众文化场域的存在形式。面对这种新的文学形态，评价体系的建构，需要充分反映网络文学创作和发展的自身规律，而实际上，迄今为止，要说网络文学得到了充分的发展，还为时尚早。因而对网络文学内在特征和发展规律的认识，也只能处在探索之中。

四、批评标准

王文静：今天讨论批评的位置，很大一部分原因出于批评的尴尬——我不太想用"困境"这个词，虽然很多批评家一直在痛心疾首、语重心长地为我们敲响警钟。困境不是文学批评所专有，实际上文学创作的困境同样严峻。说批评尴尬，一方面是专业批评冗长艰深、传播力弱，读者的网络批评又浅白而碎片化，最终只是贩卖话题和情绪；另一方面，由于前文所述的批评在描述、阐释和评价链条中的不足，"不读作品的批评""不懂创作的批评""不说实话的批评"等自毁长城的行为比比皆是。别说"打棍子"，就是"抬轿子"的表扬稿都挠不对地方，也难怪作家觉得批评无关紧要。这种批评尴尬是不是源于批评标准的缺失？

王力平：我们通常把批评标准理解为衡量、评判作品的尺度，比如我们常说的政治标准、艺术标准，社会效益、经济效益，以及思想精深、艺术精湛、制作精良，等等。但针对你所说的"批评的尴尬"，其实还需要关注批评伦理的建设。批评家应当怎样做批评？在批评活动中，批评家应当如何自处？他和作品是何种关系？和作家是何种关系？和读者是何种关系？批评家的思辨能力、文学造诣都可以不断地砥砺涵养，但批评家要有责任心、有良知、有信仰。现实生活中，人人都可以对作品发表意见，但一个优秀的批评家应当是一个理想主义者。或许，当批评伦理建设成为一种社会共识的时候，面对作品的批评标准才是有意义的。

王文静：一千个读者就有一千个哈姆雷特。这涉及文学形象的多义性和读者阅读期待的多样性，同时，也意味着差异化的批评标准。刘勰所说的"无私于轻重，不偏于憎爱，然后能平理若衡，照辞如镜"，是讲批评的理性，也是把"衡"与"镜"看作"平理""照辞"的标准。批评的标准在哪里，批评的位置也会因之改变，批评的观点和结论当然也就随之不同。所以，在批评实践中我们应该怎样把握批评标准？

王力平：似乎没人怀疑过，文学批评是需要标准，也是有标准的。但仔细想想，其实文学批评并没有一个可以让一部作品高下立判、无处遁形的标准。

关于批评标准，最经典的论述是毛泽东《在延安文艺座谈会上的讲话》。他在讲话中说："文艺批评有两个标准，一个是政治标准，一个是艺术标准。按照政治标准来说，一切利于抗日和团结的，鼓励群众同心同德的，反对倒退、促成进步的东西，便都是好的；而一切不利于抗日和团结的，鼓动群众离心离德的，反对进步、拉着人们倒退的东西，便都是坏的。"考虑到1942年全民抗战的历史背景，这三条原则其实相当于今天的宪法精神。关于艺术标准的阐述极为简约："按着艺术标准来说，一切艺术性较高的，是好的，或较好的；艺术性较低的，则是坏的，或较坏的。"如果要说这两个标准有什么特点，大概可以用"社会最大公约数"来描述。

批评的标准有了，但在标准的实际运用中，作品政治观点的好坏、艺术水平的高低如何裁定呢？注意，这个裁定权不在批评家手中，也不在作家手中，而是看作品"在社会大众中产生的效果"。换句话说，最终的裁定，需要具备更多的客观性，而非更多的主观性。我们曾经谈到，文学批评是批评家的审美活动，具有鲜明的主观色彩。所以，这里所说的政治标准和艺术标准，其实不是一个批评家在评判一部作品时，可以拿来就用的标尺，而是文艺创作和文艺批评应遵循的人民性原则。或者说，是文艺的人民性在文艺批评中的体现。

毛泽东在讲话中还谈到了两个标准的关系，提出"以政治标准放在第一位，以艺术标准放在第二位"。这里不是要区分孰轻孰重，而是文学艺术的意识形态属性使然。接下来的论述则显示了辩证思维的精妙："我们既反对政治观点错误的作品，也反对只有正确的政治观点而没有艺术力量的所谓'标语口号式'的倾向。我们应该进行文艺问题上的链条战线斗争。"既承认意识形态的普遍规律，同时又坚持文学艺术的特殊规律。这里是在谈论文艺批评的标准，也是在谈论文学艺术发展的基本规律。

王文静：也许就是"理想的文学"成为一种尺度，让许多作家将某些观念奉为圭臬。比如"典型化"之于现实主义，"荒诞""变形"之于现代主义，"平面""零度""消解"之于后现代主义，等等。但正如20世纪90年代批评界关于"相对主义批评"的讨论所揭示的，没有什么束之高阁的绝对真理是鉴别文学作品的"试剂"。经典之所以是经典，不是因为它包含一种永恒、绝对、不变的精神元素，而是随着历史的行进，作品中的主题、经验和生命感悟在更广泛的群体中获得了普遍性，达成了情感共鸣。说到批评标准的相对性和绝对性，我想到 1996 年出版的两套书，一部为《百年中国文学经典》，另一部为《中国百年文学经典文库》。两套书的关键词都指向"经典"，被收入书中作为"经典"的作品却不相同。我们应该如何理解批评标准？

王力平：你说的其实是两个问题。在理论批评视野中，特别是在西方本体论哲学传统中，人们习惯通过事物的特殊性去认识事物。所以，用"典型化"描述现实主义，或者通过"变形"来认识现代主义，都是可以理解。当然，事物的特征，并非事物的全部。观念上定义为此事物的特征，现实中在彼事物那里也常常会见到。世界本来就是相通相连的，哪有什么水火不容的文学流派？对这些分属不同思潮流派的文学特征，我的观点是历史问题宜粗不宜细。比如"典型化"，在一些人看来，"典型化"是现实主义区别于自然主义的重要特征。但拉开一点儿时间距离看，现实主义和自然主义就没有太大的区别。再比如，我们现在把先锋作家的"回归故事"视为"华丽转身"，但从更远的未来回望，大概就是一个作家在不同创作阶段的细微调整。为了定性、定义的需要，批评要有做出绝对性判断的勇气。但同时批评也深知，这种"绝对"本身就是相对的，是有条件的。

两套丛书选目是另一个问题，一个技术性问题。除了最重要的作家作品可以分别入选外，分作两套，可以让更多的作家作品入选，也可以照顾到不同出版机构的需要和利益。

王文静：假设存在一种理想状态，您认为批评的位置应该在哪里？或者说，理想的文学批评应该是怎样的？

王力平：与其说是理想的文学批评，不如说是科学的文学批评。科学的文学批评是美学—历史的批评。

别林斯基说："最好是只承认一种批评，让这种批评来判断艺术所表现出来的现实中的一切因素和方面。只是历史的而非美学的批评，或者反过来，只是美学的而非历史的批评，这就是片面的，从而也是错误的。"

卢那察尔斯基说："真正名副其实的批评一定要包括这两个因素，而且说是两个因素是不完全正确的。美学批评和社会批评实际上是一个东西，或者至少是一个东西的两面。"

批评方法实质上是文学观。在我看来，文学不应被割裂成静态的片段，如作家、作品、读者等。文学应当是一个审美交流的过程，它从作家在生活中获得审美感悟、产生与社会交流的冲动开始；中间经过语言形象的塑造，使审美感悟由心理情感形式转换为感性形象；最后是读者在对作品的审美阅读中，接受这种审美感悟，形成一个完整闭环。对这样一个审美过程进行批评，需要采用美学—历史的方法。因为关于作家审美心理图式的分析、关于作家对社会生活审美感悟的分析，以及对语言形象塑造的分析，都是美学批评的范畴。同时，这里所说的审美心理图式的建构以及审美感悟的获得，都是在特定的历史过程和现实关系中完成的，因而必然地成为社会审美意识历史发展的一部分。以作家对社会生活的审美感悟作为文学活动的逻辑起点和历史起点，就实现了美学批评与历史批评的统一。美学—历史的批评，不仅把美学的批评从纯粹的形式技巧分析、从所谓纯粹艺术的抽象世界，拉回到现实的审美交流过程中，同时把历史的批评从外在于文学艺术的社会学概念和历史学范畴中，拉回到文学艺术的审美创造中。

王文静：您对文学批评的未来是充满期待还是充满信心？理由是什么？

王力平：充满期待，因为看到许多不足；充满信心，因为相信耕耘就会有收获。都不需要理由。

后　记

◎ 王文静

去年冬至，力平老师发来微信说："《批评的位置》杀青了。"这是本书十二个文学话题中的最后一个，但是我却没有像此前的十一次对话那样，迫不及待地打开文档去寻找答案。或许是文学批评的话题让"身在此山中"的我充满了更多期待，或许这次即将结束的理论"冲浪"，在头脑风暴之后、归于寂静之前涌出了不舍的怅惘。

与其说这是一次关于文学的对谈，不如说是一次围绕文学问题的求教。但这次求教并不容易，一方面力平老师谦逊、超脱，不愿意为"解惑"所累；另一方面，我感受到他作为一个经历过"黄金时代"的文学批评家，对于在众声喧哗的当下重新讨论文学问题，所持有的谨慎和冷静。

然而，我不得不面对的是，近几年在评论写作中——无论是文学、影视还是网络文艺，文学的形态和表达都成为一个无法回避、必须重新思考的新问题。无论是女性主义、"非虚构"还是乡土文学、现实主义，也无论是叙事、结构还是语言，这些被力平老师称为"老生常谈"的话题，其最有趣味、最有价值的地方就恰恰在于"老生常谈"中可能产生的新面向或新结论。

不过,我还是把这件事情想简单了。原本以为,我来提问、力平老师回答,把自己的疑难问题罗列出来岂不简单?但真正进入对谈中才会发现,提出一个有质量的问题是很难的。如果不去充分研究理论背景、现实语境和价值坐标,很多文学问题都将失去意义。

为了避免"伪问题"的出现,2022年年初到2023年年底的两年,也成为我从事文艺评论写作以来读书最多、最集中、最深入也最艰苦的两年。我读书的数量创了个人纪录的新高,充电的愉快让我把所有的精力投入来之不易的"回炉"中,享受着这次"一对一"的文学定制课程。

这次对话是珍贵的,因为这十二篇对话都是面对面交谈而非笔谈。从话题的发起、理论资源的梳理到文本的选择、现象的分析,都是在一次次具体的讨论中确定的,力平老师会梳理这一话题在历史、社会、美学等诸多体系中的逻辑,我更习惯于在阅读中去形成或者消灭一个问题。十二个话题下来,不但解决了一些长时间困惑自己的问题,重温了不少文学理论的原典和近作,还在随时可以延伸、插叙甚至打断的对话交流中丰富着我对文学、对世界、对人的理解。

这次对话是生动的,这种"生动"可能不是好读的那种生动,因为有些话题确实"烧脑";也不是辞章华美的生动,毕竟这是一次以理论为基础的讨论。这种生动可能体现在"50后"

和"80后"的"PK"上，在讨论中我们获得了很多意料之外的思维碰撞，也保留了很多悬而未决、谁也没能说服谁的观点，或许这就是理论的魅力和温度。

在这次准备已久又艰苦卓绝的文学行旅中，师友们的大力支持、不离不弃让我感动不已。

感谢力平老师接受"文学一对一"的邀请，作为一位享有盛誉的文学评论家，他牺牲个人时间帮我确定提纲，为我提供书籍，指出我在批评上的优势与弱点，他的博学和严谨将让我终身受益。感谢力平老师的爱人、文物保护专家刘智敏女士，师母被我在求学路上的执着和执拗所打动，给了我最有力的"神助攻"，才让这次对话成为现实。

感谢桫椤师兄对这次文学对谈的整体策划和宝贵建议，感谢立秋兄在写作过程中对我的肯定和鼓励，没有他们就没有这本书的开始，也没有这本书的圆满完成。

感谢花山文艺出版社郝建国社长能将本书纳入"四叶草"论丛，与王力平、郭宝亮、桫椤诸位"大咖"同为作者，深感荣幸和不安。

感谢发表本书部分章节的刊物，感谢责编老师们，他们的专业、认真、细致和耐心，让这些文章有了更多读者和知音。

最后，我想感谢已经故去的作家、批评家陈冲老师，八年前我还在评论之路的起点迷茫的时候，他那幽默坚定的话语和几次文本分析的批改让我走上了文学评论的道路。他曾说："王力平是河北文学批评界眼睛最'毒'的人。"如今我受力平老师教导并成此一书,他一定倍感安慰。

  文字是写作者的年轮。我相信,文学不朽不灭,它的能量也必将在我们的阅读和写作中被不断地重新认知与发现。

2024 年 1 月 10 日于石家庄